YEH EK “कश” KI BAAT HAI

AKSHAY K GUPTA

Mulaqat wo hamari aakhiri hogi,

Yeh kisne socha tha,

Uss rangeen shaam ke baad meri har shaam berang hogi,

Yeh kisne socha tha,

Uss shaam milne nahi bichadne aayi thi wo,

Mera ishq bhi kabhi itna kamzor padega,

Yeh kisne socha tha.

Har raat ek naya samvad ho hi jaata hai khud ke saath, zindagi ke saath har din chalte hue bhi na jaane aisa kyun lagta hai ki zindagi toh chal rahi aur main bas usse kisi teesre vyakti ki tarah, door kahin se baith kar sirf dekh raha hoon.

Yeh raaton ka hi asar hai shayad ki har choti mushkil ek bada sa khayal ban kar saamne khadi hoti hai, har wo khayal jo kabhi bhula diya tha maine yaa har wo khayal jo aaj shayad bhulaane ki koshish mein hoon.

Raat ke theek 12 baje shayad kuch badal jaata hai, aisa lagne lagta hai ki zindagi ki saari dikkatein suljhaane ka yahi ek waqt hai, jitni baatein kehne ko hain wo saari keh dun yaa fir kahin likh kar unhe khatam kar doon bas issi soch mein hoon aaj kal, zindagi ki har uss fikr se ab ubb chuka hoon jahan dukh aakhir mein mujhe hi hota hai.

Sard hawa chal rahi hai aur main apni writing table par baitha hua hoon, uski har yaad ko firse dimaag mei chala raha hoon aur soch raha hoon ki usse firse apna kaise bana sakta hoon, wo har shaam jo uski baahon mei kati, wo har yaad jo kabhi saath thi bani, uss har lamhe ko firse jeene ki iksha ho rahi hai aaj, na jaane kyun sab kuch hote hue bhi firse tanha lag raha hai aaj.

Uski har yaad itni taza hai dimaag ke yaadon wale parde par ki har wo kissa uska, har wo taane uske, wo ruthna uska aur humesha mana lena mera usse, kitna jyda chubhne lagti hain yeh baatein jab yeh sab yaad banke wapas aati hain jeevan mein. Kyunki ab wo waqt guzar chuka hai ab wo yaadein jo kabhi haqiqat hua karti thi, aaj mehaz sabdh hain mere paas unhe bayan karne ke liye, koi bhi ehsaas baaki nahi hai ab shayad jisse wo sab bayan kar sakun jo tab mehsoos kiya tha kabhi saath mein uske.

Uski yaad aane ka silsila kuch aisa hai ki jab bhi chai ki chuski aur cigarette ka kash saath mein lagta hai toh badi zor se yaad aati hai wo, uski sirf acchi baatein hi reh jaati hain, saari buri baatein cigarette ke dhuaen mein udd jaati hain, jaise maano wo keh rahi ho ki yahin toh hoon main tumhare saath, iss halkepan ke ehsaas mein kahin main bhi hoon tumhare aas paas mein.

Ek aam subah thi aur main bechain sa hi bistar se utha, uthkar sabse pehle phone dekha internet chalu kiya aur uss notification ke aane ka intezaar kiya jise ab tak mere hisab se aa jaana chahiye tha, par jaise ki aksar ho hi raha tha wo notification ab tak nahi aayi thi.

Mann pareshan hua toh ek cigarette jala li aur ek chai bana kar apni table par baith gaya, mujhe nahi lagta duniya mein isse behtar koi bhi combination exist karta hai, aaj ke samay mein yeh itna underrated combination hai aur iska anubhav itne kam logon ne kiya hai ki mujhe taras aata hai unn logon par jinhe abhi bhi iska jaadu nahi pata.

Usse kal raat ko message kiya tha maine ussi ki tabiyat ko lekar aur kyunki wo subah 7 baje uth jaati hai office jaane ke liye aur abhi 9:30 baj rahe the subah ke, mujhe samajh aaya ki usne mere message ki notification apne phone par dekhi toh zaroor hai par shayad wapas message ka reply karne ki fursat nahi rahi usse.

Yeh sab shayad kai dino se chal raha tha, mera usse message karna aur uska ussi message ko agle 4 ghanto tak na dekhna aur naa-hi koi bhi jawab wapas dena, itna tang aa chuka tha main iss baat se, aur ignorance se ki maine usse message likh diya.

"Mujhse yeh ab aur nahi ho payega, main har roz tumhe paane ke liye tumse hi nahi ladte rehna chahta hoon." Maine kaha message mein.

"Let's call it off, ab shayad na tumse ho raha hai aur naa hi mujhse ho payega, isiliye behtar hoga hum dost hi rahe isse jyda aur kuch bhi nahi." Maine ek aur message likh diya usse.

Kuch hi waqt baad uska call aaya rote hue.

"Tumhe kya mazak lagta hai yeh, main meeting mein thi aur yeh message dekha, itna asaan hai tumhare liye kya yeh keh dena ki let's call it off." Usne call par kaha.

"Nahin yarr mazak nahi lagta mujhe kuch bhi par pichle kuch dinon mein jo kuch bhi hua aur jaise bhi hua usse mujhe yeh samajh aagya hai ki tum shayad iss rishtey mein utna nahi ho jitna main reh gaya hoon, mujhe aisa lag raha hai ki mai iss rishtey mein akela hi bacha hoon ab." Maine kaha.

Wo bahut jyda roo rahi thi aur usne apni agli meeting bhi miss kar di thi tab tak, pata nahi mujhe kya hua maine kaha "Koi baat nahi chalo ab shaant ho jao, I take my words back."

Par usne kaha nahi ab hogya tumne keh hi diya hai agar ki let's call it off, toh humei khatam kar hi dena chahiye ab shayad.

Sach kahun toh mujhe aisa laga ki shayad yeh hona tay hi tha agar mai uss din saamne se nahi bolta toh wahi shayad saamne se kuch dinon mein bol deti.

Kabhi kabhi shayad jagah badal jaane se rishtey bhi badal jaate hain, ek partner ka aage badh jaana zindagi mein aur ek ka shayad utna aage na badh paana dono ke liye rishtey ko bhoj bana deta hai.

Usne apna mann bana liya tha mujhe chodhne ka aur shayad uss waqt toh mera bhi yahi vichaar tha ki ek adhoorey bikhre hue rishtey mein rehne se behtar hai ki akela reh loon.

Hamari baatein kabhi nahi ruki uske baad bhi, maine usse kai baar alag alag tareeko se samjhane ki koshish bhi ki, ke aise rishtey baar baar nahi bante zindagi mein, bahut arse baad kabhi aisa koi insaan aata hai zindagi mein jo khudse badh kar tumse ishq karta hai, jo tumhari saari khamiyaan jaan kar bhi tumhari khoobsurati ko chun leta hai.

Jo chahe kitna hi door ho tumse par tumhare pal pal ki yaad ko apne seene se lagakar chalta hai. Bahut mushkilon se milta hai aisa koi zindagi mein.

Par kya hota hai na ki kabhi kabhi insaan bhaagte bhaagte itna aage nikal jaata hai ki shayad khudko hi peeche chodh deta hai, wo bhi shayad itna tez bhaagi ki uski parchaii ne bhi uska saath chodh diya tha. Saare naye log unki utni hi nayi baatein yeh sab shuruwaat mein itna jyda pakad leta hai tumhe ki tumhe apni puraani bezaar zindagi se nafrat si hone lagti hai.

Wo bhi bahut mehnat karke wahan tak pahuchi thi toh seedhi si baat thi ki usse hi uss mukaam ke saare sukh bhi usse hi milne chahiye, par mere khayal mein yahin insaan ka sahi character bahar nikal kar aata hai. Jab insaan ke paas kuch nahi hota, jab wo insaan hi kuch nahi hota uss waqt accha insaan hone ka dhoka dena bahut asaan baat hai, par jab saari duniya ki hasratein kadamo par hoti hai tab kisi aise ki khoj khabar lena jisse shayad baat na bhi karo tum toh tumhari zindagi mein koi fark nahi pade wo insaan ka asal character dikhata hai.

Unn dinon main shayad sabse jyda akela hua karta tha, karne ko kaam bahut the par saath baithne ke liye, sukh dukh baatne ke liye shayad koi bhi nahi tha isiliye main aur meri tanhai aksar yeh baatein kiya karte the ki kya jarurat thi itna krantikaari hone ki bhai sab badiya chal raha tha, haan reply thoda late aata tha par theek hai na aata toh tha kam se kam, ab toh na koi message karta hai aur naa hi kisi ke reply ka intezaar rehta hai.

Kya hai zindgi mein bahut baar aisa hota hai ki jab koi sahi kaam karne jao toh aas paas kisi ko nahi paate tum aur jahan bheed hai wahan tum dekhte ho ki chuppi hai har jagah, jo jaise ho raha hai hone do kuch bura mat dekho na suno aur kuch kehna toh duniya ka sabse bada paap maana jaata hai wahan.

Bas issi akelepan mein jab koi bhi aas paas nahi tha toh ek din maine Netflix pe ek series chalu kar di "Suits", yeh series kai dino se meri Netflix main window par aarhi thi aur iski tagline ne mujhe jitna pareshan kiya tha utna shayad hi kisi sawaal ne kiya hoga.

"Kya lawyer banne ke liye sach mein law school jaana zaroori hai."

Aur main humesha sochta tha ki yeh kya baat hui, bina law school jaaye lawyer koi kaise ban sakta hai kabhi.

Ek raat aise hi khaali baithe baithe maine chalu kar diya "Suits" season 1, episode 1 "Pilot" epsiode.

Ek baar chalu kya kiya yeh show toh kuch aisa juda hai meri life se ki iske 9 seasons aur har ek season mein 16 episodes kaise aur kab khatam hue pata hi nahi laga, na jaane kitni hi akeli raaton mein bina kuch soche samjhe iss show ne mera saath diya hoga.

Harvey spector ne mera attention kuch aise grab kiya ki mujhe sach mei yeh lagne laga tha ki mai aisa ban sakta hoon kabhi aur saath mein Donna paulsen, Louis litt, Mike ross yeh sab ek waqt ke baad apne hi lagne lage the, haar raat kam se kam 4 episodes dekh kar sona yaa fir kahun ki poori raat "Suits" dekhna uske baad kahin subah jaa kar sone ki tyaari karna, issi ek cheez ne shayad mere dimaag ko thikaane par rakkha hua tha, warna mujhe bhi nahi pata mai kya karta uss waqt.

Waqt unn dino kuch alag dhang se chal raha tha shayad itna dukh itna dard andar liye bhi mai thoda hi sahi magar chalte jaa raha tha shayad. Uss waqt ki jitni bhi cheezein maine ki yaa jin cheezo ke baare mein socha ya padha wo sab aaj ek aadhar ki tarah kaam karti hain meri zindagi ko aage le jaana mein, aur ooncha le jaane mein.

Sabse suna tha ki waqt ki ek fitrat hoti hai ki yeh kaisa bhi ho accha ya bura yeh badalta zaroor hai, yeh niyati hai waqt ki, yeh fer leta hi hai apne rukh se, magar yeh jispe beet rahi hoti hai usse kaun samjhaye. Kyunki waqt accha ho ya bura nikal jaata hai magar kitne waqt mein yeh waqt nikalega iska pata kisko hota hai.

Raat ke shayad 12:30 am horhe the, neend ka koi thikana nahi tha aur koi aisa khaas kaam bhi nahi kar raha tha main par pata nahi kyun ek bechaini si thi andar, kuch chubh raha tha poore shareer mein. Samajh bilkul nahi aarha tha ki kya horha hai mujhe, ek saath itna kuch chal raha tha zindagi mein, uska chale jaana aur mere saath kisi ka bhi nahi hona, yeh baatein waqt ke saath dheere dheere itni jyda chubh rahi thi lag raha tha ussi waqt dum tod dunga main.

Ek dum se dil ki dhadkan tez hone lagi aur hoti hi jaa rahi thi agar kisi ne yeh mehsoos kiya hai toh usse pata hoga heart clenching feeling thi wo, meri adat thi kamre mein poore waqt ghoomte rehne ki aur sochte rehne ki par uss waqt mai ruk gaya tha, aankhon ke aage andhera hogya aur uski har yaad samne aagyi, har ladai har hasi har narazgi har ada har bewafai. Aur itni jyda kami mehsoos hui uski jitni shayad kabhi nahi hui thi, mann mein aaya usse call kar du turant fir laga ki kya fayda hoga iska, main kamzor hi lagunga sirf yeh karke toh rehne deta hoon.

Itna kamzor mehsoos kar raha tha mai uss waqt, paseena behne laga, saans nahi aarhi thi, aisa lag raha tha maano puri duniya mere upar shatter kar rahi ho, main khatam hone wala hoon. Aansu aate aate ruk rahe the, yaadein jaane ka naam hi nahi le rahi thi, itne dard ke baad bhi sirf ussi ki kami khal rahi thi.

Uss waqt mein laga ki yeh aakhir hai har cheez ka, iske baad kuch theek nahi hone wala hai. Sab khatam ho chuka hai.

Neend khuli toh kuch samajh nahi aarha tha ki main kahan hoon, sab kuch blurred sa tha kuch bhi saaf nahi samajh aaya, ki hua kya kal ek gehra sir dard hua aur main fir se bistar par hi baith gaya, kuch samajh nahi aaya aisa kyun horha hai aur mai raat ko kab soya aur kaise soya. Writing table par laptop khula pada tha, bagal mein teen kitaabein thi khuli hui, zameen par paani bikhra hua tha aur bottle zameen par giri hui thi.

Dheere dheere bistar se bahar aaya aur apne saare zaroori kaam karna chalu kiye, ek kadak chai banai aur saath mein ek cigarette jala li, sir itna jyda ghoom raha tha ki bas isse raahat mil jaane ke liye mai kuch bhi kar sakta tha, jaise jaise cigarette ke kash le raha tha aur chai ke sip waise waise halka hota jaa raha tha main.

Yeh jo talab hoti hai kisi cheez ya kisi insaan ki yeh ek tarah ka nasha hi hota hai, main jab jab cigarette jalata hoon toh uski yaadon ke nashe mein hota hoon aur waise bhi jab jab uska khayal aa jaata hai tab tab main firse uski yaadon ke nashe mein hi hota hoon. Yeh baat jo samajh sakte hain wahi samajh sakte hain.

Chai khatam hogyi aur cigarette bhi, tab tak maine ek aur cigarette jala li aur kal raat kya kya hua yeh sochne laga, jaise jaise main halka horha tha waise waise kal raat ko hui har baat yaad aati jaa rhi thi, akelepan ki haddein paar ho chuki thi shayad ab.

Maine seedha google kar diya jo bhi kal hua mere saath aur google search result ne mere saath hue kisse ko "Panic attack" kaha.

Iske baare mein aur pata karne ke liye main Youtube par gaya aur search kiya iske baare mein, cigarette jalti jaa rahi thi aur main iss topic pe utna hi jyda ghusta chala raha tha. Mere jeevan ka pehla Panic attack mehsoos kiya tha maine.

Yeh yaadein na ek dal-dal ki tarah hoti hain, waise toh har waqt nahi sata-ti par jab bhi dimaag mein aa jaati hain toh fir inke siwaah aur kuch bhi sochne ki himmat nahi reh jaati.

Uss har yaad mein, har uss baat mein jismei zikr uska hua tha kabhi, main bas doobta chala jaata tha. Yeh samjhaana kisi ko kitna mushkil hai ki hum unke bina kitne adhoorey hain, jab wo saath hote hain tab toh har baat ho jaati par jab wo haq hi kho diya ho tumne tab kya, uske baad kaise samjhaaye yeh haal-e-dil unhe.

Har din mushkil se guzarta hai, har raat kitni hi koshishon ke baad bhi nahi kat-ti, yeh yaadein inka wapas aa jaana aur fir saath baith kar apni maujoodgi ka ehsaas har pal karwana kitna mushkil hai isse jhel paana.

"Hi, mujhe aisa lag raha hai mai namit ke baare mein kuch jyda hi soch rahi hoon yarr." Uska message aaya.

"Hi, kyun kuch hua kya achanak se aise bol rahi ho." Maine kaha.

"Nahi kuch hua nahi hai par abhi kuch dinon se meri aur uski baatein kaafi jyda badh gayi hain, saath mein kaam karne lagi hoon uske mai." Uska reply aaya.

"Accha accha toh koi baat nahi na ho sakta hai tum dono ki baatein jyda horhi hain isiliye tum itna soch rahi ho uske baare, yaa fir iska koi aur bhi matlab hai?" Maine kaha.

"Sach kahun toh mujhe nahi pata ki iska aur kya matlab ho sakta hai, par mujhe uski baatein acchi lagne lagi hai." Usne reply diya.

Raat ke qareeb 10:30 pm baj rahe the aur maine jaise hi yeh messages padhe meri saans firse atak gayi mujhe aisa laga ki zindagi bas yahin tak thi, iske aage ab kuch bhi baaki nahi hai.

"Tumhe kya lagta hai mujhe kya karna chahiye, kya main jo soch rahi hoon wo theek hai, yaa mujhe yeh sab nahi sochna chahiye itna." Uska ek aur message aaya.

Mujhe bilkul bhi nahi pata ki aise waqt mein mere andar yeh itna samajhdaar insaan kahan se aa jaata hai yaa main kaise apne andar ke pyaar karne wale insaan ko daba leta hoon, mere hisaab se shayad sirf uss insaan ke liye jisne yeh socha tha ki agar kabhi usse koi advice mangega toh wo usse apne fayde se upar uthkar sirf aur sirf sach bolega aur kuch bhi nahi.

"Dekho mera aisa manna hai ki agar tum namit ke baare mein itna soch rahi ho toh shayad yeh sirf dosti nahi hai, isse badh kar hai kuch aur ab iska faisla tumhe hi karna hai ki yeh kya hai, tum kya chahti ho, tumhara dil kya chahta hai apni aage ki manzil tumhe khud hi tay karni hogi iske baad." Maine reply kiya.

Yeh message likhte hi mujhe aisa laga ki maine yeh kya kar diya hai aur yeh kitna bizzare lagega aage jab main iske baare mein sochunga tab, ki ek banda apni hi bandi ohh sorry conventional terms mein kahun toh ex bandi ko yeh advice de raha hai ki agar tumhe sahi lagta hai toh tumhe move on kar lena chahiye.

Yeh baat shayad uss waqt mujhe heroic lag rahi thi, ki maine itna hone ke baad bhi apne usul nahi tode, abhi bhi unn par kaayam hoon. Par yeh kitni ajeeb si baat hai, mere andar uss waqt bhi do opinions chal rahe the, ek ki maine jo sahi tha wo kiya aur mujhe galat advice dene ka regret nahi rahega ab kabhi, aur dusra yeh ki maine yeh kya kiya agar isne meri advice ko sach mein maan liya toh main kya karunga fir, main toh ek dum akela ho jaunga, iske siwa mera abhi koi bhi nahi hai. Agar yeh bhi chali gayi toh fir main kise apna kahunga. Mujhe aisa nahi karna chahiye tha. Maine galat kar diya. Yeh mere andar ke pyaar karne wale ki awaaz thi.

Mujhe nahi pata iss baat ka ehsaas mujhe tab kaise tha par mujhe laga ki agar maine apne pyaar karne wale ko iss situation mein jeet jaane diya hota aur usse galat salah de di hoti toh yeh ummeed wali baat hai ke usne meri galat salah par vishwas kiya hota aur shayad naa bhi kiya hota kyunki end mein yeh cheezein niyati ke haath mein hoti hain. Par mujhe itna zaroor pata tha ki agar maine aaj apne andar ke insaan ko harne diya toh main apni nazron mein apni credibility zaroor kho dunga humesha ke liye. Toh maine dil ki jagah dimaag ko chuna aur pyaar ki jagah sahi ko.

"I am really sorry, mujhe sach mein sorry kehna chahiye kyunki mujhe pata hai jaane unjaane mein main tumhe bahut hurt kar rahi hoon." Uska message aaya.

"Nahi nahi hurt tum nahi kar rahi, waqt waqt ki baat hoti hai sab." Maine reply kiya.

"Mujhe samajh nahi aayi tumhari baat, par I hope tum bhi jaldi aage badhoge aur firse kisi se pyaar kar paoge, waise tum pyaar par ab bhi vishwas toh karte hona?" Usne pucha.

"Haan balki mera vishwas pyaar par ab aur bhi jyda badh gaya hai, mujhe aisa lagta hai ki sab niyati ki baat hai, hamara milna aur milke zindagi ke kisi naye mod par aake firse bichad jaana." Maine reply mein likha.

"Main khush hoon tumhare liye. Goodnight." Usne kaha.

Yeh jhooth maine itni asaani se keh diya ki mera vishwas pyaar par aur bhi badh gaya hai lekin sach toh yeh tha ki mera pyaar se vishwas kuch hadd tak uth chuka tha, akele kamre mein baithe hue mujhe itne khayal ek saath aa jaate the, aur unn sab khayalon ko dabane ke alawa mere paas koi option nahi hota tha.

Kuch waqt baad shayad main issi jhooth ke saath jeene bhi laga tha, maine maan liya tha ki ab shayad uska aur mera firse mil paana na-mumkin hi hai, hum alag ho chuke hain, hamara saath bas yahin tak tha aur iske baad uska meri kahani mein koi bhi hissa nahi aayega.

Jab dil toot-ta hai tab shayad sabse pehle hum denial mode mein hote hain, humei lagta hai ki yeh hamare saath nahi ho sakta yeh iss kahani ka ant nahi hai, par thoda waqt guzarta hai toh dheere dheere lagne lagta hai ki shayad wo kahani wahin tak thi.

Fir dheere dheere kahin se chalu hota hai phase of "Anger" jahan ek redemption ki koshish chalu hoti hai, mann mein ek aisi feeling aane lagti hai ab saari duniya se badla lena hai mujhe, iss duniya mein agar kisi ne bhi koshish ki mere mann ki na karne ki toh aag laga dunga har jagah. Yeh sab kuch dinon tak chala bhi meine socha ki badla lena chahiye kya ab mujhe usse, par fir har baar iss badle ke khayal ke saath ek awaaz jo mann ki thi wo bhi saath aati rahi ki "tum aise insaan nahi ho, yahi pariksha ka waqt hai tumhare liye toh abhi behtar chuno.

Usse chah kar bhi nafrat kar paana mushkil hi tha mere liye, kyunki nafrat toh kar lun usse magar fir unn saari yaadon se ishq kar paana bhi mushkil ho jayega jinse meri aur uski kahani ki shuruwaat hui thi, jo saare pal humne haske guzare the, jis har pal wo meri hua karti thi. Inn sab acchi yaadon se nafrat kar paana mere liye jyda mushkil ho raha tha.

Apni table par baith kar main yeh soch hi raha tha tabhi bahut zor se talab hui cigarette ki, toh bina jyda kuch soche table drawer khola, ek cigarette nikali aur jala li, jaise jaise kash liye waise waise mujhe apna ghum zara kam sa lagne laga, dimaag ne thoda dheere chalna chuna aur shareer achanak se dheela hogya jitni bhi tension thi wo ab har ek kash ke saath dhuyen mein udti dikhaai de rahi thi, yaadein jaa hi rahi tab tak ek cigarette khatam hogyi, toh bina jyda judge kiye khudko ek aur jala li iss ummeed mein ki mehaz aaj raat ke liye hi sahi magar inn yaadon se peecha toh chut jaaye mera. Dusri cigarette khatam hui tab tak main uss duniya se bahar aa chuka tha, accha lag raha tha mujhe uski har yaad ko cigartte ke dhuyen mei uda kar, lag raha tha ki main apne control mein hoon firse. Iss bahane se bistar par laet gaya aur ceiling ko muskura kar dekhne lag gaya. Jitna bhi gussa tha, jitni bhi self pity bhar chuki thi mere andar wo sab blurr hone lagi meri aankhon ke saamne aur pata bhi nahi chala kab main gehri neend mein jaa chuka tha.

Kabhi kabhi zindagi mein ek saath itni taraf ki ladaiyaan chal rahi hoti hain, ki kiska saamna karna hai aur kisse peeche hatna hai samajh nahi aata. Tab jab zindagi aur zinda rehne ke beech mein se kisi ek ko chunna padta hai, jab har ummeed khatam hoti dikhai deti hai, har raat itni andheri hoti hai ki nahi lagta ki uski subah kabhi bhi hogi ab.

Bahar aana jaana kam hogya tha mera, aur jaata bhi toh kahan jaata, har wo jagah jahan jaane ka mann hua karta tha wo saari jagahon par uski koi na koi yaad mera pehle se wahan intezaar kar rahi hoti thi.

Main aksar ek naye café mein jaa kar koi kona pakad leta tha aur wahan bas aate jaate logon ko dekhta rehta tha, ktini khoobsurat baat hai na yeh ki hum khudko jeetey hue nahi dekh paate magar baaki sabko jeetey hue dekhna kitna anand deta hai, uss café mein generally naye daur ke log hi aate the, agar kabhi din mein chala jau toh hadd se bheed milti thi saare kaam karne wale vyast log, bhaag rahe the apni kisi imagination ke peeche bina yeh soche ki shayad manzilein kai aur bhi hain paane ko, rashtey abhi kai aur bhi tay karne hain. Uss umr ki khaas baat shayad yahi hai ki bina jyda dimaag lagaye sahi galat mein aur naa-hi isse aage kya hoga hum bas kaam kar diya karte hain.

Café mein raat ko aur behadd subah utni bheed nahi hoti thi toh mujhe apna ek shaant kona mil jaaya karta tha, wahan baithte baithte kuch nayi adatein bhi ban gayi thi, jaise ki black coffee aur kyunki café mein khali baithkar jyda waqt kat-ta nahi tha toh thoda likhna bhi shuru kar diya tha maine. Jyda kuch khaas nahi jo kuch bhi mann mein aarha hota usse bas jaise ka taisa utaar deta main paane par, fir khud hi usse dekh dekh muskurata rehta der tak.

Ek subah main jab ussi café mein baith kar black coffee pii raha tha, tabhi ek beige color ki hoddie aur black trackpants mein ek behadd khoobsurat ladki café mein aayi, waise toh kaafi dinon se main yahan aahi raha tha par kuch old age logon ke alawa ya fir kuch middle aged jogging karte hue uncles ke alawa yahan koi aata tha nahi subah iss waqt mein.

Waise toh main abhi kaafi takleef mein tha apne puraane pyaar ki magar tha toh ladka hi na, zindagi kaisi bhi chal rahi ho acchi ya buri par wo ladkon wali fitrat kahan jaati hai, so jaise hi wo ladki aakar wahan baithne ke liye sahi jagah dundh rahi thi maine usse checkout karna chalu kar diya, lambe bandhe hue baal, acche attractive looks, gehri aankhein, sach mein uss ek pal ke liye maine apni saari dikkaton ko aise bhula diya jaise wo kabhi exist hi nahi karti thi, mujhe aisa laga ki shayad se usne mujhe usse checkout karte hue pakad liya hai, toh maine turant hi apni nazren firse apni thandi ho rahi black coffee ki taraf kar li, par thodi der baad jab maine firse usse dekha toh wo apne phone par thi toh mujhe thodi raahat hui ki shayad main bach gaya hoon iss chori mein.

Main toh har subah apni timing ke hisaab se ussi café mein jaata tha, wahi same sa order ek french toast aur ek black coffee saath mein.

Uss ladki ka bhi iss café mein aana kaafi regular ho chuka tha, lagbhag har roz aane lagi thi wo bhi iss café mein, main toh kaafi khush tha ki kam se kam poore din mein ek itni khoobsurat ladki se toh aankhein chaar hohi jaati hain.

Ek aisi hi subah thi har roz ki tarah, main pehle se baitha hua tha apne ussi alag kone mein aur wo aayi café ke andar aur seedhe aake usne mujhe usse dekhte hue dekha aur mujhe aisa laga ki usne mujhe smile pass ki, par kyunki mujhe lagta nahi tha ki mujhe koi itni khoobsurat ladki wo bhi saamne se khud smile kyun pass karegi toh maine uss par dhyaan nahi diya. Par jab wo ladki jagah dundhte hue meri table tak hi chali aayi tab maine thoda notice kiya.

"Hi, I guess tum yahan roz aate ho, main bhi abhi kuch dino se roz aarhi hoon iss café mein, kyunki maine tumhe yahan akele hi dekha hai aur main bhi akeli hi aati hoon iss café mein toh kya hum saath baith sakte hain, only if you don't mind." Usne kaha.

Usne itna kuch ek baar mein keh diya aur main sab kuch samajh hi nahi paaya ki yeh hua kya abhi mere saath.

"Yaa yaa sure tum yahan baith sakti ho, main yahan akele hi aata hoon generally ya kahun ki humesha." Maine kaha.

Itna keh kar mujhe laga ki maine apne aap ko thoda toh control mein rakkha hua hai aur main ek dum hi beh nahi gaya hoon.

"Toh yahan har roz subah kaise aur kyun." Usne pucha.

"Sach kahun toh mujhe bhi nahi pata ki kyun aur kaise, par yeh hai ki abhi koi aur hai hi nahi jiske saath yahan aa sakun aur kamre par poore din bore ho jaata hoon toh yahan aakar accha lagta hai thoda." Maine kaha.

"Ohh, toh bheed mein apne akelepan ko chupaane ke liye chale aate ho tum, aisa kaho na seedhe seedhe." Usne ek dum hi yeh keh diya.

"Haan shayad tum sahi ho, bheed mein rehna ek sukoon dene laga hai mujhe shayad, kyunki ab wo chehre jo kabhi pehchan ke the unka saath choot gaya hai toh iss bheed mein kisi saath ka intezaar karta rehta hoon bas, issi baat mein sukoon milta hai mujhe aaj kal." Maine kaha.

"Toh janab fir toh aap bahut galat khoj par nikle hain, kyunki saath dundhne ke liye toh vishwas karna padta hai na uss saath par, aur vishwas aata hai unn chehron par jinhe hum apna maan lete hain, par dikkat yeh hai janab, ki bheed ki toh koi shakl hoti hi nahi hai toh fir saath kaise milega koi yahan, saath dundhna hi hai toh apne andar khojna chalu karo na yarr." Usne apne andaaz fir itna kuch keh diya.

Yeh sab keh kar usne apne liye ek hot coffee order kar di, main toh sirf uski kahi baat ko soch raha tha baith kar ki sach mein main saathi dundh bhi raha hoon yaa nahi, yaa yeh sab sirf bahane hain dukhi rakhne ke khudko.

Iske baad na maine kuch bhi kaha aur naa-hi usne kuch bhi poocha, main apni black coffee aur french toast khatam karne mein lag gaya aur wo apni coffee khatam karne mein lag gyi. Yeh jo chuppi thi hamare beech wo mujhe ek alag tarah ka sukoon de rahi thi, jaisa sukoon shayad main itne waqt se dundh hi raha hoon mehaz, wo poore dhyaan se coffee pii rahi thi aur apne phone mein kuch scroll kar rahi thi, aur main sirf usse dekhe jaa raha tha, usne halka deep neck top pehna hua tha uss din, jismei se uska cleavage bhi theek thaak tarah se dikh raha tha, maine pehle socha ki yeh galat hoga aise notice karna lekin fir khayal aaya main kaunsa isse janta hoon aur mehaz dekhne mein toh koi buraai nahi hi hai na, yeh aksar hota nahi hai mere saath magar usmei kuch alag baat thi main bahut waqt baad kisi se itna physically attract hote chale jaa raha tha aur mujhe samajh mein nahi aarha tha ki khud ko rokun kaise, uski aankhen itni gehri thi ki bas dekhta hi rahu. Shayad maine usse bhut objectify kiya par mujhe uss waqt iss sab mein koi bhi buraai nahi samajh aarhi thi, mujhe usse aankh bhar ke dekhte rehna tha bas.

Aakhir mein hum dono uthe aur ek dusre ko jald firse milne ke waadey ke saath chodhkar apne apne rashtey ho liye.

Mera kamra paas hi tha toh main paidal chal pada aur woh apni gaadi se aayi thi, toh wo apni gaadi par nikal gayi. Rashtey mein chalte chalte main sirf iss mulaqat ke baare mein soch raha tha ki achanak se kaise jis ladki ko main ab tak sirf door se dekh raha tha roz wo saamne se mujhse baat karne hi chali aayi.

Kabhi kabhi mujhe lagta hai ki zindagi itni bhi buri nahi hai, aise kisse shayad thodi ummeed de jaate hain, zindagi jeetey rehne ki.

Kamre par pahucha toh firse akela hogya, yeh akelapan saari khushiyan cheen leta hai. Mujhe firse meri puraani zindagi yaad aagyi, mere haa-laat mere aage khade the firse, bina jyda soche maine ek cigarette jala li aur jaise jaise kash liye waise waise tension bhi kam hoti chali gayi. Bistar par leta hua main baar baar uski aankhon ke baare mein soch raha tha, mere andar ka ladka firse jaag jaa raha tha aur mera dimaag aankhon ke aage bhi badh raha tha par maine khudko roka.

Dimaag mein sirf usse firse mulaqat ki baatein chal rahi thi, kuch waqt baad mujhe laga ki main kitna ghatiya insaan hoon. Mera dil abhi abhi toota aur itni jaldi maine kisi aur ke baare mein sochna chalu bhi kar diya, yeh sahi nahi hai. Par uss akelepan mein khudko jitna kam judge kiya maine utna hi asaan ho raha tha mere liye uss waqt ko kaatna, toh maine iss andar ki awaaz ko dabana hi behtar samjha.

Agle din hum firse ussi café mein mile, ussi jagah par aur iss baar bhi main sirf usse dekhe jaa raha tha, kuch toh tha uski aankhon mein jo mujhe kheech raha tha uski taraf.

"Toh maine tumhara naam toh pucha hi nahi tha kal." Maine apni coffee order karne ke baad kaha.

"Umm, mera naam kaunsa wala bataun tumhe, wo jisse duniya mujhe janti hai ya wo jisse main khudko pehchanti hoon." Usne kaha.

"Waise toh tum inmei se koi bhi naam bata sakti ho magar mujhe wo naam janne mein jyda dilchapsi hogi jisse tum khudko pehchanti ho." Maine coffee ke aate hi ek sip lete hue kaha.

Usne menu ko dhyaan se kai baar dekha aur fir mere jaisi hi ek coffee order kar di.

"Mera naam tara hai, yaa yeh kahun ki main iss naam se khudko jaanti hoon." Usne kaha.

"Hmm, toh tara, yeh toh bahut hi jyda accha naam hai yarr, ab mujhe tumhara duniya ko bataya hua naam janne ki koi bhi iksha nahi hai, main tumhe tara hi kahunga." Maine kaha.

"Nice mister??, ohh maine tumhara naam toh poocha hi nahi." Usne thoda haske kaha.

"Mera naam musafir hai, yeh wo naam hai jisse shayad main khudko jaanta hoon." Maine kaha.

Wo coffee peete hue kitni khoobsurat lagti thi, uski ek julf humesha usse pareshan karti rehti thi. Main sirf usse dekhta rehta tha har roz, hum lagbhag roz milne lage the, har baar gehri baatein toh nahi hoti bas usual Hi, Hello ke baad hum apni apni chuppi mein laut jaate the.

Ik roz main thoda late aaya café mein toh maine usse apni har roz ki jagah par na dekh kar café ke smoking area mein dekha, mujhe ab tak aisa lagta tha ki wo cigarette nahi peeti hai, yaa fir yeh bhi ho sakta hai ki kabhi hamari uss topic par baat hi nahi hui.

"Mujhe nahi pata tha ki tum cigarette peeti ho." Maine café ke somking area mein ghuste hi kaha.

"Haan, waise har roz nahi peeti hoon, par kabhi kabhi dimaag mein itna kuch chal raha hota hai ki uska saamna karne se behtar mujhe iss cigarette ke dhuyen mein uss tension ko uda dena lagta hai." Usne kash lete hue kaha.

"Toh tumhe akele cigarette peena pasand hai yaa main bhi tumhe join kar sakta hoon?" Maine poocha.

"Nahi nahi aisa kuch nahi hai, sure tum mujhe join kar sakte ho." Usne ek choti si smile ke saath kaha.

"Tumhe pata hai kabhi kabhi main itni kamzor ho jaati hoon ke khudko hi pehchan mein nahi aati hoon." Usne pehli cigarette khatam karte hue kaha aur dusri jala li.

"Main samajh sakta hoon tumhari baat ko, maine bhi yeh face kiya hua hai." Maine kash lete hue kaha.

Uski aankhon mein aaj wo chamak nahi dikh rahi thi jo har roz dikha karti thi, maine usse poocha ki kya hua tumhe, iska jawab bhi usne ek fiiki si smile ke saath taal diya. Kitni ajeeb baat hai na ki apni dikkaton ka jisse kuch ata pata nahi hai wo kisi aur ki dikkaton ke har jawab jaanta hai. Maine uss waqt socha ki tara ko akele hi rehne deta hoon shayad wo kuch waqt mein theek ho jayegi apne aap, main jaise hi smoking area se bahar jaane laga toh usne mujhe rok liya.

"Kya tum kuch der yahin mere saath ruk sakte ho, please." Usne kaha.

"Haan bilkul, main yahin hoon tumhe jitna bhi waqt lena hai tum le sakti ho." Maine ek smile ke saath kaha.

Uss ek pal main mujhe aisa laga ki kitni ajeeb baat hai na main bhi kisi ke kaam aa raha hoon, mujhe iss baat pe khud par vishwas nahi ho raha tha, mere jaisa insaan jo shayad aaj tak kisi ka nahi hua, usse ek anjaan ladki ne madad maangi hai aur main uska saath dene ke liye ek baar mein bina hichak ke tyaar bhi hogya hoon, yeh baatein mujhe khud ke ascharya mein daal deti hain, mujhe aisa lagne lagta hai ki kya main sach mein itna hara hua hoon bhi jitna shayad dikhata hoon khud ko yaa mujhmei bhi ek kaam ka admi kahin hai, jo kisi aur ke kaam aa sakta hai kabhi.

Hum shayad duniya mein sabse jyda judge khud ko hi karte hain, kabhi kabhi toh iska koi sir paer bhi nahi hota par hum ek opinion bana lete hain apne baare mein, ki shayad hum aise hi hain aur fir sochne lagne lagte hain ki saari duniya bhi humei aise hi perceive karne wali hai ab. Par iss saare samvad mein shayad hum yeh bhul jaate hain ki duniya humei waise hi dekhti hai jaise wo khud ko dekhti hai, har insaan kisi dusre insaan ko ussi tarazu se tolta hai jisse wo khud ki kimat ko aakta hai. Iska jyda ya kam hona ussi insaan ki niyat aur niyati par nirbhar karta hai. Iss par hum chah kar bhi control nahi kar sakte.

Uss din mujhe tara ne wahan apne paas rok kar kuch naya sikhaya mere baare mein, jo shayad mujhe aaj tak kabhi mehsoos nahi hua tha.

Tara ne cigarette khatam ki aur hum firse apni har roz ki table par aakar baith gaye, wo ab sach mein pehle se behtar lag rahi thi, uske chehre par ek sukoon laut aaya tha jo aksar uske chehre par dikha karta tha.

"I hope ab tum behtar feel kar rahi ho tara." Maine kaha.

"Haan, thank you so much. Main sach mein ab behtar mehsoos kar rahi hoon. And really sorry tumhe wo sab dekhna pada, main generally kabhi nahi chahti ki koi bhi mera vulnerable self dekhe, main bahut hi jyda uncomfortable ho jaati hoon, par pata nahi kyun tumhare hone se aisa kuch bhi nahi laga." Usne kaha.

"Toh mere hone se kaisa feel hua tumhe tara." Maine poocha.

"Words mein describe kar paana mushkil hai mere liye par mujhe sukoon mehsoos hua bas itna pata hai." Usne kaha.

"Toh tumhare yahan par roz aane ki kya wajah hai, tum batao." Usne poocha.

"Main toh yahan sirf aise hi chale aata hoon koi aisi khaas wajah nahi hai." Maine jhooth kaha.

"Nahi nahi aisa ho hi nahi sakta kuch toh wajah zaroor hogi tumhare roz aane aur aakar ek kone ki table par akela baithe rehne ki, batao kya hua breakup ya career mein problems, har dikkat ka ilaaj hai Dr. Tara ke paas." Usne yeh kaha aur wo hasne lagi.

"Haan breakup toh hua hai abhi kuch waqt pehle aur sach kahun toh career bhi utna kuch khaas chal nahi raha hai, toh shayad yeh dono hi reasons hain Dr. Tara jaisa ki apne kaha." Maine kaha.

"Accha toh batao, jo breakup hua wo acccha wala ek dum zor wala tha yaa bas aise hi tha aate jaate wala." Usne poocha.

"Obviously yarr, jamke wala hi tha aur sach mein bahut zor se bhi laga, shayad itna zor se ki zindagi hi hault par aagyi hai aisa lag raha hai." Maine ek fake smile ke saath kaha.

"Tab toh accha hi hua ki tumne yeh ehsaas ko bhi zindagi mein bahut jaldi mehsoos kar liya hai." Usne kaha.

"Main samjha nahi tum kya kehna chahti ho iss baat se ki yeh accha hua mere saath, iss baat mein kya accha hai ki jis insaan ke saath maine apni aage ki poori zindagi ka saath soch liya tha, aaj wo insaan mere saath nahi hai, aur main poora akela ho chuka hoon." Maine gusse mein kaha.

"Mujhe pata hai tumhe meri yeh baat poori tarah samajh nahi aayi par kuch waqt guzarne do tum samajh jaoge ki zindagi ne hum sabke liye kuch thokaren bacha ke rakkhi hui hain, kuch aise dhakke kuch aise failures jinse hamari zindagi shayad ruk hi jaaye aur aage ka kuch bhi nahi dikhai de, par khoobsurati yahi hai zindagi ki ke isne humei ek inbuilt healing mechanism bhi dekar bheja hai "waqt". Thoda waqt do bas khudko bina jyda khudko judge kiye aur bina jyda haath paer maare idhar udhar, sirf apne saath waqt bitane ki koshish karo aur iss problem ko ignore ki jagah iska saamna karo aur tum dekhoge ki waqt ke guzarte hue yeh dikkat jo aaj shayad itni badi dikhai de rahi hai uska mehtav tumhari zindagi mein ghat ghatke khatam hi ho jayega." Tara ne kaha.

Tara ne mujhe itni saari baatein ek saath bata di thi ki meri samajh hi nahi aaya ki kitni baatein mujhe samajh aayi aur kitni baaton ko mehaz maine sirf sunn kar haan mein haan kar diya.

Tara mujhe pyaar ke mamle mein bahut jyda sorted ladki lagi, uske funde shayad clear the iss baare mein aur usne mujhse jyda samjha hua tha pyaar ko.

"Theek hai maine tumhari har baat ko mann liya magar fir bhi yeh zindagi jo hai jisse tum keh rahi ho ki waqt do bas aur har mushkil asaan lagne lagegi, par main yeh baat khudko samjhau kaise, yeh dil toh aaj mein dard seh raha hai na, isse kaise keh dun ki dard waqt ke saath ho kam ya khatam jayega, aur bas iss baat par vishwas kar le ab." Maine kaha.

Café mein tab hamare alawa koi bhi nahi tha, halka sufi music laga hua tha aur tara ki baatein seedha mere dil tak jaa rahi thi, mujhe kai dinon baad aisa lag raha tha ki shayad mujhe koi aisa insaan mila hai jisse main apni zindagi ke baare mein sach mein baith kar kuch baatein kar sakta hoon. Tara mein mujhe apna koi arse puraana dost dikh raha tha, wo jis tarah se meri har baat ko samajh kar mujhe mere liye hi jawab de rahi thi, aisa laga ki maano yahi baithe apna poora dil kholkar rakh dun aaj.

"Dekho musafir, yeh rishta jo hota hai na waqt ke saath wo koi aaj shuru hokar kal khatam ho jaane wala rishta nahi hota hai, toh isse banane mein thoda sabr rakhna hi hota hai, tum jaldbaazi karke iss rishtey ko nahi samajh paoge, aur jahan tak baat hai dil ke dard aur iss dard ke aaj mein hone ki, waqt hi iska healer hai kyuni waqt ke saath saath tumhari samajh badhegi, yeh jo aaj ka dard tum sehan kar rahe ho aur isse avoid nahi kar rahe kisi rebound ya flings se, isse tum apni samajh mein aur izafa hi kar rahe ho pyaar ki aur yeh tumhare aage aane wale rishton ke liye behadd zaroori saabit hoga, kyunki aaj jo galtiyaan kar chuke ho wo tum firse nahi dhauraoge." Tara ne kaha.

Tara ne firse itna kuch keh diya ki mera dimaag itna kuch process hi nahi kar paaya itna sab kuch, par itna zaroor samajh aaya ki waqt dena behadd zaaroori hai apni dikkaton ko, warna inse paar paana asaan nahi hoga.

Maine tara se kaha ki aaj ke liye bahut jyda hogya hai ab humei chalna chahiye par main tumhari kahi hui har baat pe sochunga zaroor dhyaan se shanti se baith kar. Usne smile kiya mujhe dekh kar aur bas hum uthe aur chal diye apne apne rashton par.

Yeh jo waqt ke saath rishtey ki baat tara ne ki, main sochne par majboor tha ki mera mere waqt ke saath rishta kaisa hai yaa koi rishta ab bacha bhi hai ya nahi, yeh toh maine kabhi socha hi nahi. Maine ab tak sirf koshish ki hai ki aaj mein jeeta rahun na jyda guzre hue kal ka regret karu aur naa hi jyda planning aane wale kal ki karun. Par shayad kabhi kabhi "waqt" mein aane feron ka andaaza kuch pehle se hone lagta hai, par hum aksar inhe ignore kar dete hain.

Wo meri aur uski akhiri mulaqat thi, hum ek seher se hokar bhi kabhi ek jagah nahi mile akele, kabhi yaa toh kisi ke dekh lene ka darr rehta yaa fir kabhi darr lagta ki baat ghar tak na pahuch jaaye, usne mujhe humesha duniya se chupa kar hi rakkha tha, ek secret ki tarah jisse wo kisi se bhi nahi share karti thi, mujhe humesha yeh baat buri lagti thi, main aksar kehta tha ki kam se kam apni best friend ko toh hamare saath hone ki baat bata do, par usne humesha mana hi kiya.

Hamare seher ka pehla modern café tha wo jahan aksar hum chaar dost milte the, uss din hum dono ne yeh decide kiya ki hum thoda pehle chale jayenge modern café aur baaki dono dost humei thoda baad mein join karenge. Main thoda late hogya tha pahuchne mein, uske liye gift lene ki wajah se, wahan se uske call pe call aarhe the, main jab tak wahan pahucha tab tak wo mujhe wapas laut jaane tak ki dhamki de chuki thi, par mere aate hi wo ek dum shaant ho gyi aur uske chehre par ek badi si smile aagyi thi, maine usse wo gift diya aur usne seedhe uss gift ko apni car ke trunk mein daal diya, hum modern café par pahuche toh mujhe pata nahi kya hua par main seedhe uske gale lag gaya, kyunki hum itne waqt baad mile the aur uski ek jhalak ke liye main kuch bhi kar sakta tha, main chahta tha ki main usse bayan kar sakun ki kitna pyaar hai usse mujhe aur maine kitna intezaar kiya uska.

Wo pehle khush lag rahi thi par jaise hi hum baithe aur humne baatein shuru ki mujhe samajh aane laga tha ki shayad kuch galat hua hai, wo ukhdi ukhdi si lag rahi thi jabki wo aayi bahut excitement se thi, mujhe samajh hi nahi aaya ki hua kya hai, uss shaam ke khatam hote tak yeh saaf hogya tha ki kuch gadbad zaroor hui hai hamare beech mein, ghar pahuch kar maine usse kai messages bhi kiye par usne ek bhi message ka reply nahi diya aur aakhir mein sirf itna kaha ki main bahut kuch sochkar aayi thi aaj par mujhe waisa kuch bhi feel nahi hua, ab yeh meri galti hai yaa tumhari yaa hamare iss rishtey ki main nahi janti bas mujhe jo feel hua wo bata rahi hoon. Meri soch mein hamara rishta aisa nahi dikhai deta mujhe.

Main usse samjhata hi raha ki waqt dena hota hai aise stage par tum abhi nayi jagah par gayi ho, environment mein badlaav hua hai tumhare abhi wahan ke naye logo ki nayi baatein tumhe apni si lagengi, aur yeh jitne puraane rishtey hain wo shayad bekaar ke lagenge par with time tum samajh jaogi ki yeh puraane hi hain jo hain tumhare paas kyunki kuch waqt ke baad yeh naye log aur unki baatein sab puraane ho jayenge. Fir tum wahi apnapan dundhne ke liye nikalogi par shayad tab tak bahut der ho chuki hogi.

Mujhe nahi pata ki usse meri baatein samajh aayi ya nahi yaa usne samajhne ki koshish bhi ki ya nahi magar kuch hi dinon mein hamara rishta khatam hone ki kagaar par aa khada tha aur hum aakhir mein alag ho hi gaye.

Kitna ajeeb hai yeh sab, tara ne mujhse wo sab keh diya jin baaton ko shayad maine kahin dimaag ke kisi kone mein daba rakkha tha, tara ne mujhe meri hi zindagi ke baare mein itni baatein baat di, aur saath hi itne sawaal bhi pooch liye, maine unn mein se aadhe sawalon ke baare mein toh kabhi socha bhi nahi tha.

Raat ke qareeb 11:30 baj rahe the aur main apni writing table par baitha hua bas laptop ki khuli hui screen ko der tak se taak raha tha, mere dimaag mein tara ki har baat ghoom rahi thi aur uske jawab khojne ki bhi saath hi saath koshishein chal rahi thi. Mujhe humesha se lagta tha ki main kuch jhel pau ya nahi magar mein baaton ka maahir hoon toh baaton mein mujhe hara paana itna asaan nahi hoga, par tara ki baaton ne mujhe chitt karke rakh diya tha, meri samajh mein nahi aarha tha mera apne waqt ke saath kya rishta hai, aur main kaise apni puraani mohabbat ko bhula nahi paa raha hoon.

Main apne ehsaas likhne ki koshish mein tha aur saath hi saath mein cigarette bhi jal rahi thi, itna khalipan shayad mere liye iss waqt behadd zaroori hogya tha, kyunki hum jab apne logo ke aas paas hote hain toh shayad hi kabhi hum, hum hote hain. Hum sirf yeh darshana chahte hain, har waqt ki aapko hamari fikr karne ki zaroorat nahi hai hum theek hain. Aur issi koshish mein apno ke saath vulnerable ho paana itna asaan nahi hota.

Cigarettes meri lat nahi hai aur naa hi meri zarooraton ka koi bhi hissa, bas yeh mera wo escape hai jise main tab chunta hoon jab mujhe kuch ganda yaa fir galat karne ka mann hota hai, kuch aisa karne ka jisse kuch nuksaan ho, aur mujhe har waqt yeh pata hota hai ki cigarette peene se nuksaan main apna hi kar raha hoon, magar ab yeh mere akelepan ka ek ajeeb sa pagalpan ban chuki hai, mera akelapan bina cigarettes ke ab bahut adhoora lagta hai mujhe.

Mera rishta meri neend ke saath bhi kuch ajeeb sa hai, main kabhi kabhi bahut struggle karta hoon sone mein, mujhe apni zindagi ke saare regrets aur guilts raat ke waqt hi yaad aate hain. Meri neend inn cheezon ke saath kahin ghoomne chali jaati hai shayad kisi shair par, mujhe apne kamre mein ghoomte hue sochne ki adat hai, aur yeh jo main ghoomte hue sochta hoon wo mujhe bhi pata hai ki kabhi bhi action mein aakar execute nahi hone wala, magar fir bhi mujhe har raat apni ek nayi duniya ka gathan karne mein bahut maza aata hai, main har raat apni banai duniya mein koi naya kirdaar hota hoon, jiski apni nayi dikkatein hain aur jiski apni ek nayi soch hai. Yeh harkat mujhe apni dikkatein kuch waqt ke liye bhulaane mein madad karti hai, shayad issi liye mujhe kabhi sapne nahi aate, kyunki main apne saare khwaab aur kahaniyaan khuli aankhon se hi dekh leta hoon.

Cigarette ke chalte hue kash ke saath yeh baatein sochna aur inhe darz karna kitna asaan mehsoos hota hai, yeh baatein shayad main kabhi apni poori sajhakta mein nahi kar paunga.

Maine apna naam jisse main khudko jaanta hoon wo musafir bataya tha tara ko, iss naam ke asal matlab se shayad hi koi lena dena tha mera kabhi, main na toh ghoomne firne utna shakeen tha aur naa hi padhne likhne ka, mujhe humesha se meri samajh bahut kaafi lagti thi duniya ke baare mein, inn baaton ki gehraai mein utarne se main humesha katraya karta tha, magar humesha apni writing table par baith kar safar ke baare mein likhne ka anand mujhse choot-ta nahi hai, mujhe aisa lagta hai ki main jin cheezon ko jee nahi paata unhe likhkar paane ki koshish karta rehta hoon.

Hum sab apne andar ki kamiyon ko acche se pehchante hain, par apni har kami ke upar kaam karne ki shamta nahi hoti hamare andar, kuch kamiyon ko duniya se chupa kar agar zindagi behtar bani rehti hai toh kyun na aisa hi kiya jaaye.

Subah halka kohra tha aur temperatue bhi lagbhag 10 degrees raha hoga, main café mein akele baitha hua tha wahin ussi jagah par, tara ke intezaar mein. Usse aksar itne waqt tak aa jaana hota tha humesha, par aaj wo shayad late thi yaa nahi aane wali thi. Mujhe ab tara ki adat ho chuki thi shayad, bina uske coffee peena ya sutta lagane mein ab wo maza sa nahi aarha tha, aur mujhe humesha zindagi mein issi baat ka darr rehta hai ki mujhe kabhi kisi ki adat na lag jaaye, kyunki wo ek tarah ka bhoj ban jaana hota hai dusre insaan par, apni expectations ko hum unn par bina unse pooche thopne lagte hain. Kyunki humei khushi aur sukoon dena yeh kisi aur ke haath mein nahi hota yeh hamare hi upar hai ki hum khud mein kitna poore hain yaa adhoorey hain.

Qareeb ek ghante baad tara aayi, aur aate hi usne mujhse apne late ho jaane ke liye maafi maangi, jiske badle mein maine usse ek choti si treat maangi.

"Itna late kaise hogyi aaj tum, koi zaroori kaam aagya tha kya?" Maine poocha.

"Nahi nahi bas aaj thoda confused thi ki yahan aaun yaa nahi." Tara ne kaha.

"Confusion ki wajah poocha sakta hoon?" Maine kaha.

"Itna bada koi reason nahi tha waise par mujhe laga ki tumhare saath baith kar baatein itni gehri kar deti hoon na kabhi kabhi ki samajh sa nahi aata, yeh jo bol rahi hai wo main hi hoon yaa koi aur hai." Tara ne kaha.

Tara ke yeh kehte hi mujhe laga ki kitni sach hai yeh baat, kabhi kabhi hum kitna kuch dabaye firte hain apne andar aur yeh itna gehra hota hai ki hum isse apno se bhi nahi baat paate kabhi kabhi. Par kitne hi waqt kisi anjaan vyakti ke saamne yeh saara kuch bahar aa jaata hai, bina koi bhi efforts kiye.

"Toh kya tum wo sab mujhe kehne ke liye khudko judge kar rahi ho?" Maine tara se poocha.

"Nahi main bas samajh nahi paayi ki maine tumhe itna kuch kaise keh diya aur fir maine apni hi baatein jab sochi toh khudko kitna adhoora aur kuch hadd tak jhootha yaa doogula bhi paaya." Tara ne kaha.

"Haan maine bhi tumhari baaton ko bahut dhyaan se bahut waqt tak socha aur mujhe bhi main adhoora hi laga aakhir mein." Maine kaha.

"Aaj coffee peene ke baad kahin bahar walk par chale kya?" Maine poocha.

"Haan kyun nahi, mausam accha hai aaj ka hum chal sakte hain kahin walk pe." Tara ne kaha.

Café se bahar nikalte hi kai saare jaane pehchane rashton mein se maine uss rashtey ko chuna jahan main kabhi nahi gaya tha, mujhe tara ke saath explore karna tha kuch naya. Chalte chalte wo aage nikal jaa rhi thi aur main bas usse dekhe jaa raha tha peeche ruk ruk kar. Main yeh soch raha tha ki koi itna imaandaar kaise ho sakta hai apni soch mein aur apni baaton mein.

"Tumhe pata hai mujhe solo trips ka bahut shauk hai, main kai jagah hoke aayi hoon solo travel karte hue, tumhe bhi try karna chahiye." Tara ne kaha.

"Nahi yeh solo travel jaisi cheezein mere liye nahi hain, mujhe jyda ghoomna firna bhi pasand nahi hai, mere liye meri writing table aur wahan baith kar har wo ajeeb baatein likh dena zaroori hai jo shayad main hi bas sunna pasand karta hoon." Maine kaha.

"Tumhe naye experiences se itna parhez kyun rehta hai, thoda uncomfortable terrain mein travel karke dekho, shayad tumhe koi kahani aisi mil jaaye jo tum apni writing table par baith kar kabhi bhi soch hi nahi sakte the." Tara ne kaha.

"Theek hai fir main sochunga iss baare mein." Maine bas kehne ke liye yeh baat keh di thi, jabki mujhe bhi pata tha main kabhi solo travel nahi kar sakta hoon.

Hum chalte chalte ek lake ke qareeb aagye the, paani ke thehar ki awaaz aur wahan ki shanti ek dusre ko compliment kar rahi thi. Tara aur main itne alag hote hue bhi kitne ek jaise hain. Kuch cheezon ke baare mein wo mujhse beshaq jyda janti hai, par kuch baaton mein wo bhi self doubt mein rehti hai, theek meri hi tarah.

Lake ke aas paas koi bhi nahi tha, halki sard hawa chal rahi thi, maine tara ko dhyaan se dekha usne black tracksuit pehna hua tha, aur fir kuch waqt wahan shaant baithne ke baad.

"Ek baat kahun tumse, mujhe na bahut darr lagta hai kabhi kabhi, main itna sab kar chuki hoon, itna sab dekha hai maine apni zindagi mein, par fir bhi mujhe darr lagta hai bahut, abhi bhi mujhe yahan itni shaanti mein baith kar darr mehsoos horaha hai sukoon nahi." Tara ne kaha.

"Par tara yahan sirf main hoon tumhare saath aur yahan koi nahi hai, toh darne ki koi baat hi nahi hai na, shayad tum jyda soch rahi ho iss waqt." Maine kaha.

"Kya tum abhi mera haath pakad ke baith sakte ho, please." Tara ne bina meri kisi bhi baat par dhyaan diye kaha.

Maine uska haath pakda toh main seedha 10th standard ki uss class mein pahucha gaya, teesri bench par baithe hum dono, wo low feel kar rahi thi kyunki uske bhaiya apni tay kiye hue samay ki chuttiyon se thoda jaldi wapas apni job par jaa rahe the, aur main jisse iski adat thi usse sirf dekh raha tha rote hue, usne achanak se mujhse kaha, "kya tum mera haath pakad sakte ho, please". Mujhe samajh hi nahi main kya karu par kyunki usne keh diya tha toh maine bench ke neeche se uska haath pakad liya. Mujhe nahi pata mera aise karne se usse kitna sukoon mila par isse mujhe toh ab tak ki zindagi ka sabse jyda sukoon mehsoos hota tha, jab jab main aur wo waise bench ke neeche haath pakad kar baith-te the.

Dheere dheere haath ki pakad aur majboot hone lagi tara ki mere upar, hum dono ek dusre ke aur qareeb aate jaa rahe the, uss shanti mein. Paani ki halki awaaz, chidiyon ka aas paas hona aur, mera aur tara ka itna qareeb hona, mujhe waise toh asahaj lagne lagta hai kisi ke bhi jyda qareeb aa jaane se, par pata nahi kyun jaise jaise main aur tara paas aarhe the, waise waise hi mujhe aur accha lag raha tha.

Kuch waqt baad hum ek dusre ke itne qareeb the ki ab uske aage jo hona tha wo tay ho chuka tha, na mujhe kuch jyda karne ki jarurat padi aur naa-hi usse. Hamare hoonth ek dusre ke upar tham chuke the, hamare soche bina hi aur kyunki wahan aas paas koi bhi nahi tha, na tara ne khudko roka aur naa hi maine khudko. Dheere dheere mere hoonth tara ke hoonthon par aur jyda dabab banane lage the. Hum dono issi tarah se ek dusre ki saanson mein sama chuke the ki ab duniya ki baaki saari dikkatein mehaz baatein lag rahi thi, hum waise hi rehna chahte the bina kisi ke bhi disturb kiye hue.

Thode waqt baad hum alag hue aur tara ko itna jyda blush karte hue maine aaj tak nahi dekha tha, usne kiss ke baad mujhe kas ke pakad liya aur sirf mujhse chipki rahi agle kuch minutes ke liye. Hum alag hue aur tara ne ek cigarette nikaal li, lighter mere paas tha toh maine cigarette jala di.

"Aaj ek hi cigarette se peete hain na." Tara ne kaha.

"Haan theek hai aisa kar lete hain." Maine kaha.

Uss cigarette ke kash lete hue baari baari se, main sirf tara ko dekh raha tha aur uss kiss ke baare mein soch raha tha jo abhi kuch hi der pehle hui hamare beech mein.

"Mujhe tumse ek zaroori baat karni hai musafir." Tara ne kash lete hue kaha.

"Haan kaho na, main sunn raha hoon." Maine kaha.

"Main wapas jaa rahi hoon kal." Tara ne kaha.

"Wapas jaa rahi ho matlab, kahan jaa rahi ho tum." Maine kash lete hue poocha.

"Wahin main jahan se aai thi, ab yahan par mera kaam poora ho chuka hai toh bas wapas apne seher, apni wahi puraani duniya mein wapas chali jaungi." Tara ne kash lete hue kaha.

"Tumhari apni duniya se tumhara kya matlab, tum toh yahin ki ho na fir kahan jaane ki baat kar rahi ho." Maine poocha.

"Nahi asal mein maine bataya nahi shayad yeh tumhe par main yahan sirf ek conference ke silsile mein aayi hui thi aur ab mera kaam yahan par khatam ho chuka hai toh mujhe wahan wapas bula liya gaya hai." Tara ne kaha.

"Par tum aise kaise jaa sakti ho tara, abhi kitna kuch aur batana baaki tha tumhe, kitni baatein aur karni thi." Maine usse gale laga kar kaha.

"Main samjhti hoon tumhe musafir magar mera yahan humesha rehna bhi toh possible nahi hai na." Tara ne kaha.

"Haan wo baat bhi sahi hai waise." Maine be-mann se keh diya.

"Musafir aaj yeh hamari aakhiri mulaqat hai, toh ek waada maang sakti hoon kya tumse, tum poora karoge usse mere liye kya." Tara ne ek aur cigarette jalate hue kaha.

"Haan tara jo bhi tum chaho." Maine kaha.

"Kya tum mere kehne par ek baar ek solo travel karoge, mujhe pata hai tumhe ghoomna firna jyda pasand nahi hai, par please mere liye kya tum yeh karoge. Mujhe sach mein lagta hai ki iss trip pe tum ek aise khudse miloge jise shayad hi tumne ab tak pehchana tha." Tara ne kaha.

Main kuch waqt tak sirf tara ko dhyaan se dekh raha tha, usne har baar ki tarah firse ek saath itna kuch keh diya tha, usne kaha yeh hamari akhiri mulaqat hai, pata nahi kyun yeh baat mujhe bahut chubhi, aur fir wo mujhse ek solo trip ka waada maang rahi hai, mujhe samajh hi nahi aarha tha ki main kya bolun aur kya nahi.

"Bolo bhi musafir, kya tum mere liye yeh kar sakte ho." Tara ne firse kaha.

"Haan main karunga tumhare liye, mujhe nahi pata kaise par main karunga." Maine keh diya.

Tara itni khush thi usne mujhe firse gale laga liya, aur kuch hi waqt baad hum firse ek doosre ko kiss kar rahe the bina aas paas ki parwaah kiye.

"Kya hum aaj mere hotel room chal sakte hain agar tumhe theek lage toh." Tara ne kaha.

Yeh baat sunte hi mujhe samajh toh aagya tha ki aage kya hone wala hai, par shayad yeh mujhe bhi chahiye tha toh maine bhi haan mein jawab diya.

Tara ka kamra bahut hi jyda lavish tha, uski company bill de rahi thi iss poori trip ka, hum kamre mein aate hi ek doosre se lipat gaye aur ek doosre ko chumne lag gaye, ab toh na humei koi bhi dekh sakta tha aur naa hi ab kisi ke judgement ka darr bacha tha.

Tara ne black tracksuit pehna hua tha aur maine black trackpant aur upar wind sheater. Maine tara ka tracksuit ek jhatke mein utaar kar fek diya, tara ne uske andar ek white top pehna hua tha, maine tara ko deewar se sata diya apni tarah se, aur hum bina ruke lagataar kiss kar rahe the, mujhe uski saansein apni saanson ke saath sync mein aati hui mehsoos ho rahi thi. Usne apne baal khol diye aur meri wind sheater utaar di fir meri t-shirt bhi, aur mujhe neck pe kiss karne lagi, hum dono iss qadar ek dusre mein bas mil jaana chahte the uss waqt mein ki na guzre kal ke shikwe ho koi aur naa-hi aane wale kal ki koi fikr.

Smooch karte karte maine tara ka white top utaar diya, aur uske neeche tara ne sports bra pehna hua tha black colour ka jismei neon strips thi, uss waqt main jitna excited ho sakta tha utna poora ho chuka tha har tarah se, dekhte dekhte hi hum dono ke poore kapde zameen par har jagah pade hue the, aur hum dono bistar par ek dusre mein ghul chuke the, uss raat maine tara ke shareer ka shayad ek bhi sira unchua nahi chodha tha, maine tara ko itne qareeb se dekh liya tha ki uske baad mujhe sirf tara hi chahiye thi har waqt mere saath.

Subah utha toh tara mere bagal mein nahi thi, wo jaa chuki thi jiska mujhe shayad raat mein hi pata tha, aur shayad issi liye maine wo sab bhi kiya jo aaj tak kabhi try nahi kiya tha, tara ne khudko mere haathon mei saunp diya tha. Aakhir aakhir tak tara khatam ho chuki uske chehre par aakhiri expression jo mujhe yaad hai wo behadd thakan ka tha, paseene mei lat-pat the hum dono, aur ek dusre se kas kar chipak ke hi so bhi gaye the, par subah utha toh main akela tha.

Tara apni duniya mein jaa chuki thi. Jismei shayad main aur wo kabhi nahi mil sakenge, par mujhe wo humesha yaad rahegi, kyunki jo impact usne meri duniya mein reh kar mere mann par kiya wo shayad hi kisi aur ne kabhi kiya hoga.

Maine jaldi jaldi apne saare kaam kiye aur room ko jaise ka taisa chodh kar nikal aaya, mera mann nahi hua ki room ko theek karke bahar aaun kyunki room ko saaf karte karte shayad main meri aur tara ki iklauti khoobsurat yaad ko bhi mita deta. Neeche aaya toh reception mein mujhe receptionist ne rok kar kaha "Excuse me sir, kya aapka naam musafir hai".

"Haan main hi musafir hoon, boliye."

"Sir miss tara nikalte waqt aapke liye ek note chodh kar gayi hain, unhone kaha ki unhe jaldi nikalna padh raha hai flight ki timings ki wajah se, par unka yeh letter hum aapko de den subah jab aap neeche aayen toh."

Receptionist ne mujhe wo letter diya aur wapas se apne kaam mein lag gyi. Mujhe halka bhi idea nahi tha ki letter mein kya hai, aur tara jaate jaate mere liye aisa kya chodh ke gayi hai. Uss letter ko maine uss waqt wahan kholna sahi nahi samjha aur main hotel se wapas kamre ki taraf nikal aaya. Rashtey mein aate waqt wahi café pada jahan main aur tara pehli baar mile the, maine cab ko wahi ussi jagah chodh diya jabki booking maine apne kamre tak ke liye ki thi aur paise bhi utne hi pre-paid the.

Café ke andar enter kiya toh jahan main humesha baith-ta tha wahan koi aur baitha hua dikha, toh maine ek doosri table pakad li aur baith gaya, samne menu rakkha hua tha maine shuruwaat ke ek do baar ke baad iss menu ko kabhi kholkar dekha nahi tha, par aaj pata nahi kyun isse khol kar padhne lag gaya main, jo main humesha order kiya karta tha, aaj bhi wahi firse order karne hi wala tha ki ruk gaya, aur socha aaj kuch aur manga leta hoon, iska bhi mujhe koi idea nahi hai yeh maine kyun kiya. Maine order diya aur wait kar raha tha order aane ka tab mujhe yeh ehsaas hua ki yeh café iss table par baithke kitna alag dikhaai deta hai, baaki tables ka view, entry gate aur pehle se baithe hue log kitne alag dikhaai de rahe hain aaj.

Itne mein hi meri nazar wahi meri puraani table par gayi toh wahan dekha ki ek ladka baitha hua hai, black hoodie, bikhre hue baal, pairon mein sneakers aur haath mein coffee liye, yeh wahi coffee thi jo main har baar order karta tha, wo ladka bhi akele hi baitha tha, sabko aate jaate dekh raha tha poore café ko jaise apne andar sametne ki koshish kar raha ho, kyunki dil ab khali ho chuka hai kisi ke chale jaane se. Usse wahan waise dekh kar mujhe aisa laga ki maine yeh pehle dekha hua hai, fir mujhe jo sab bhi wo ladka kar raha tha itna jyda personal lagne laga ki thoda uncomfortable lagne laga mujhe usse dekh kar. Ek dum se dimaag mei baat ki "Kya yeh main hi nahi tha, abhi kuch dinon pehle tak tara se milne ke". Main bhi issi tarah akele baith kar apna order karke sabko dekhta rehta tha bas, kaun aarha hai kaun jaa raha hai sabki khabar rakhta tha, jaise yeh ladka iss café ko andar sametne ki koshish mein hai, shayad main bhi wahi karna chahta tha uss waqt mein.

Main apni jagah se utha smoking area main jaane ke liye, aur ek cigarette jala li wahan pahuch kar, pichli baar yahan mere saath tara thi aur uski cigarettes, iss baar main bilkul akela apni cigarette ko akele jala ke kash le raha tha. Iss baat mein bhi kitna sukoon hai par, koi kaam jisse hum jab kisi aur ke saath karte hain toh wo kitna alag mehsoos hota hai aur wahi kaam akele karte waqt koi alag hi shakl le leta hai.

Main café mein jab apne order ki payment kar raha tha aur wahan ke attendant ne jab mujhe wahi smile di jaisi wo har roz deta tha iss waadey ke saath ki hum kal fir milenge issi waqt issi jagah par, aaj wo smile missing thi. Maine jab usse "kal milte hain fir" kaha toh shayad kahin mujhe pata tha ki mera safar iss café mein bas yahin tak ka tha, iske baad main kabhi bhi iss café mein nahi aane wala tha.

Kitna kuch shuru hua iss café mein, mera mahino baad apne kamre ko chodh kar kahin aur waqt bitaana, tara ko pehli baar dekhna aur kuch hi dinon baad uska mere saath aakar baith jaana, jis andhere se main yahan har roz aata tha uss andhere ka kuch hi waqt ke liye sahi par gayab ho jaana. Aaj café se nikalte waqt aisa laga ki mera aur iss café ka safar yahan khatam ho chuka yeh mujhe jitna bhi de sakta tha, seekha sakta tha zindagi ke baare mein, isne wo kaam bakhubi kar diya hai. Ab aage ka safar mujhe yahan aaye bina hi tay karna hoga.

Tara ke jaate hi main firse apne akele jeevan main laut gaya, jahan sirf main tha aur meri cigarettes. Tara ke diye letter ko maine kai baar kholne ka socha par har baar laga ki yeh sukoon kitna behtar hai jismei ek ummeed baaki hai ki tara kya likh kar gayi hogi mere liye.

Koi jyda khaas kaam toh the nahi mere paas, toh socha kitaabein padna chalu kar dun, pehli kitaab jo maine padhi wo thi Paulo coelho ki "The Alchemist". Iss kitaab ko shuru karte waqt utna jyda khayal nahi tha dimaag mein ki andar se kya expect karna chahiye par jaise jaise iski yatra mein aage badhta gaya waise waise iss kitaab ko neeche rakh paana utna hi mushkil hota gaya.

Mujhe aisa laga ki yeh kitaab tara ne bheji hai meri zindagi mein kyunki jaisi baatein tara kiya karti thi, safar ke baare mein aur akele safar par nikal jaane ke baare mein, iss kitaab mein bhi waisa hi kuch chal raha tha. Ek ladka jo apni niji niyati ki talaash mein pyramids ki taraf nikal padta hai, aur iss poore safar mein wo kaise khudse milta hai, aur aakhir mein uski niji niyati usse wahin milti hai jahan se usne chalna shuru kiya tha aur jahan sach mei humesha se uska dil basta tha.

The Alchemist ko padh kar mujhe ek baat samajh aayi ki yeh kitna zaroori hai ki hum apni apni niji niayti ki talaash mein safar par nikal pade, kitne hi log hote hain jinhe andaaza hota hai apni niji niyati ka par fir bhi wo uske peeche jaane ki himmat kabhi nahi kar paate. Aur fir aakhir tak mein na umr saath deti aur naa hi shareer.

Jyda dino tak na khushi saath rehti hai naa hi dukh, par uss dukh ka kya jo itna gehra ho ki, reh reh kar dard de. Uske saath na hone ka dard bhi kuch aisa hi tha shayad, tara ke jaane ke kuch waqt tak mujhe aisa laga ki main usse aage badh gaya hoon, par shayad yeh veham hi tha kyunki jyda dino tak nahi raha, firse wahi yaadein wahi kisse dimaag mein ghoomne lage the. Maine chun chun ke saare Youtube videos dekhna bhi chalu kar diya tha ki "How to move on". Par kuch bhi samajh nahi aaya.

Fir mili Shwetabh gangwar ki videos, ek youtuber jinki speciality thi ki wo jitne bhi topics the unko itna sttaight facts mein samjha dete the ki crystal clear ho jaaye sab kuch, pehle shwetabh ki videos ko maine kai baar padhai karne ke motivation ke silsile mein dekha tha par ab wo poori heartbreak wali playlist khatam kar chuka tha main, har raat jab bhi itni yaad aati thi uski ki dum ghtune lagta tha aur samajh aa jaata ki firse ek Panic attack aane ko hai tab tab main firse shwetabh ki video dekh leta tha, usne mujhe jo kuch bhi seekhaya pyaar ke nazariye ke baare mein, apni self worth ke baare mein, itna asaan tareeke se usne meri zindagi mein ek aisa perspective saamne laa kar rakh diya jise main khud shayad kabhi nahi dekh paata.

Unhi dino meri sadhguru se mulaqat hui ek youtube video ke zariye se, dheere dheere unhe dekhna chalu kiya toh unke views bhi kuch alag lage baaki logon se, par sach kahun toh mujhe aaj tak unki ek bhi baat ka seedha matlab kabhi samajh nahi aaya hai, par jo kaam unhone kiye hain aur jitne log unse connect karte hain, unke jeevan mein balaav jo aate hain wo dekh kar unke liye izzat bahut hai mann mein.

Sadhguru ki free videos dekhte dekhte maine fir unke "Inner engineering program" ke baare mein discover kiya, jo ki online hi hota tha. Shayad 5 sessions hote the aur usmei sadhguru zindagi ko samjhate the, maine wo har session itna dhyaan se dekha aur mujhe itna kam samajh aaya sab kuch ki mujhe apni samajh pe sharam aati hai wo soch kar.

Par ek cheez jo uss program se mere saath reh gayi, wo tha unka bilkul aakhir mein karaya hua guided meditation, jismei sadhguru wo saari cheezon ko dimaag mein laane ke liye kehte the jo hum apni zindagi mei laana chahte hain. Yeh ek tarah ka visualization meditation kehlata hai meri samajh mein. Par isse mujhe wo sab seekhne aur samjhne mein madad mili jisse maine apne aaj ko thoda kam soch kar, aane wale kal ke baare jyda sochna chalu kiya.

Ek aam si hi shaam thi aur karne ko humesha ki tarah kuch bhi nahi tha, sirf usse yaad karne ke. Wo apni duniya mein bahut khush thi, social media par uske post aur stories dekhna mera favorite kaam tha, uske jitne puraane posts the maine sab dekhe hue the na jaane kitni hi baar.

Mere paas uski photos ka ek poora archive tha, Google drive mein saved, memories naam ke folder mein. Ussi shaam ko hamari baat horhi thi texts pe, toh uss archive ka zikr hua maine toh excitement mein poora bata diya usse ki kitni saari photos hain mere paas uski. Samne se usne kaha ki wo sab delete kar do ab, koi matlab nahi hai ab tumhare paas wo sab rakhne ka.

Ek jhatke mein usne meri pichle 4 saalon se dheere dheere collect ki hui memories ko bekaar keh diya, mujhe laga ki kya karun ab, fir socha ki baat toh sahi hai na agar photos uski hain toh usse pura hak hai unhe delete karwaane ka. Maine apne andar ke pyaar karne wale musafir ko firse maar diya aur samajh daar main ko situation sambhalne de di. Aur fir jo usne kaha tha wahi hua. Maine wo saara folder ek jhatke mein delete kar diya aur uski screen recording karke usse bhej di, taaki usse koi bhi doubt na bacha rahe.

Uss din mujhe laga ki kitna asaan hota hai na sab kuch khatam kar dena, bas ek lamhe mein pichle itne saalon ki yaadein delete hogyi, maine bahut koshish ki uske baad ki uski yaadein bhi mere system se aise hi delete ho jaaye par nahi hui yaar. Samajh hi nahi aaraha tha ki kya karun kya nahi.

Tabhi Youtube par interview dikha "Zakir khan" ka, maine abhi tak unhe sirf ek standup comedian ki tarah se hi jaana tha, par unka interview jab "Roshan abbas" ke saath dekha toh bas ek baar mein hi poora interview dekh liya. Aur jo journey suni zakir khan ki uske baad se aaj tak unhe "Zakir bhai" ke alawa aur kuch bhi nahi kaha maine. Fir zakir bhai ke jitne bhi interviews the wo sab dekhna chalu kar diya, zakir bhai mein ek bada bhai mila mujhe jo mujhe zindagi ne nahi diya tha kabhi pehle. Wo jo baatein karte hain, aur jitna gehri tarah se karte hain wo sab apne andar sahej kar rakkhi hain maine. Na jaane kitni hi dikkatein unhone meri bina kuch kiye bas apni ek do lines se theek ki hain.

Fir dekha unka Jashn-e-rekhta wala interview, aur usse dekh kar jismei unka lekhak bahar aaya mujhe aisa laga ki haan ek insaan hai jo hamare jaiso ke liye bhi khada hai, aur behisaab kaam kar raha hai.

Wo interview main aaj bhi kabhi bhi dekh sakta hoon. Sukoon hai wo mera.

Zindagi unn dino aur bhi jyda gart mein jaate hi jaa rahi thi, uski photos aarhi thi lagatar aur ab usne namit se milna bhi chalu kar diya tha. Jab jab usne mujhe namit se milne ke baare mein bataya har baar main ek aur baar andar hi andar marta gaya. Ek dafa usne kaha ki "Namit tumse kitna better hai kam se kam mujhse milne toh aata hai." Fir turant hi khud ko redeem bhi kar liya usne bol kar ki wo matlab nahi tha uska. Par yeh baat mujhe toh ek aur baar maar gayi na, firse aansu nahi ruk rahe the, firse ek Panic attack mehsoos hua mujhe. Mera mann tha usse kehne ka ki thoda intezaar kar leti main poori duniya se ladne ko tyaar tha tumhare liye. Par wo ho na saka.

Kabhi kabhi hum dekh sakte hain ki koi cheez hamare haathon se choot rahi hai, par hum usse rokne ke liye kuch bhi nahi kar paate. Uska aur mera saath bhi kuch aise hi choot gaya waqt aane par. Unn dino jitna toot sakta tha, utna toota main.

Tabhi Amazon prime ka subscribtion liya aur yeh maano ya na maano kaafi badi baat thi mere liye uss waqt, sabse pehli cheez jo mujhe prime video ne recommend ki wo tha Zakir bhai ka pehla standup special "Haq se single". Ab yeh badha chadhakar nahi bolunga par yeh special actually mein mere liye kisi therapy ki tarah tha, kitni hi baatein zakir bhai uss special se seekhi maine.

"Kisi bhi rishtey ki ek umr hoti hai, jab wo umr khatam ho jaati hai toh wo rishta bhi khatam ho jaata." Yeh baat mere kaanon mein aaj tak khanakti hai, yaad dilati hai ki mere aur uske rishtey ki umr shayad utni hi thi aur jo bhi hua wo sahi hi hua.

"Jab tumhara dil toot-ta hai toh do option hote hain tumhare paas, yaa toh pii pikar loser ban jao yaa fir kaam kar karke legend." Iss baat ne mujhe uske baad ladne ki taqat di humesha, jab bhi dimaag mein aisa kuch bhi negative aaya toh socha ki yahi do option hain mere paas. Choose bhi mujhe hi karna hai ki kya karna hai aur aage ki life kaisi chahiye hai.

Ek shaam ko baithe baithe cigaratte peete hue tara ki yaad aai, uske saath bitaye pal aankhon ke saamne aa gaye, aur fir achanak se yaad aaya wo letter jo wo mere liye hotel ke reception par chodh kar gayi thi. Uss letter ko maine itne waqt se khola hi nahi tha. Talab hone lagi janne ki ke kya likha hoga tara ne uss khat mein aisa, jo wo mujhe seedhe nahi keh paai.

Uss khat ko kholte waqt thoda darr toh raha tha main par socha jyda se jyda kya hi hoga iske andar.

"Hi musafir, jab tak tumhe yeh letter milega tab tak main jaa chuki hongi shayad apni duniya mein wapas, sach mein I couldn't be more grateful to have met you uss café mein. Jitne bhi din tumhare saath bitaye coffee peete hue yaa fir cigarette ke kash lete hue wo saare dino ki yaadon ko sahej kar rakhungi apne saath humesha, I promise you this. Tumhari kahani sunke maine shayad bahut jaldi tumse kai sawaal kar diye the, jo mujhe baad mein realise hua ki inka jawab itni asaani se nahi mil sakta. Par tum bahut behtar deserve karte ho, bas kabhi kabhi acche logo ke saath accha nahi hoke sahi hota hai aur wo sahi short term mein galat lagta hai humei. You know it's like wo bitter medicine ki tarah jo ultimately tumhari tabiyat ko theek hi karne wali hai. Tum bahut kam dino mein mere liye bahut special hogye, jo kiss aur wo raat maine tumhare saath akhiri din bitaai wo raat main shayad jabse tumse mili thi tabse bitana chahti thi. Par shayad waqt ke apne faisle hote hain ki kab kisko kis waqt kya dena hai zindagi mein, wo raat tumhare saath main kabhi nahi bhulungi aur agar qismat ne humei fir milaya toh firse wahi raat bitana chahungi tumhare saath. Mujhe hope hai ki tum apne "waqt" ke saath apne rishtey ko samajh jaoge dheere dheere, aur mujhe diya hua waada tumhe yaad hai na, ek solo trip. Mujhe pata hai tum meri baat ko sideline nahi karoge aur main guarantee se keh sakti hoon ki tum agar uss solo trip par jaoge toh tum ek naye khud se mil paoge. Jisse shayad tum bhi ab tak nahi mile ho. Qismat ne agar kabhi fir milaya toh intezaar rahega tumhari solo trip ki kahaniyaan sunne ka. Ab mujhe nikalna hai warna der ho jayegi. I love you musafir. Mujhe pata hai tumhara jawab shayad yeh nahi hoga par mujhe chahiye bhi nahi tumhara jawab, mera pyaar hum dono ke liye kaafi hai.

Bye. Take care. Lots of love.

Your café mate Tara."

Tara ka letter padhte padhte maine kab ek poora dabba cigarette khatam kar di mujhe pata hi nahi chala. Meri aankhein nam thi letter ke aakhir mein, mujhe laga ki agar tara abhi mere paas hoti toh main shayad ro leta jee bhar ke uske gale lag kar.

Agle kai dinon main sirf tara ke letter ko baar baar padhta raha, usne har ek baat jo kahi thi wo seedha dil tak jaa rahi thi, mujhe samajh hi nahi aarha tha ki maine aisa kya kiya hai jiske liye, tara ko mujhse itna pyaar hogya.

Par wo sahi thi shayad mujhe tara se pyaar nahi hua tha, par uska impact mere dimaag par bahut gehra tha, aur tara ke baare mein soche bina mera ek bhi din nahi nikalta tha.

Kai baar toh maine khudko tara se imagination mein baatein karte paaya hai, wo humesha mujhe mere paas hi mehsoos hoti thi, aisa lagta hi nahi tha ki wo mujhse alag hai ya mujhse door ho chuki hai.

Kai din beet gaye yeh sochte sochte ki tara ke liye waadey ka kya karna hai, kyunki solo trips ke baare mein mujhe toh kuch bhi nahi pata tha.

Par fir yaad aaya ki mera dost hai jisne kai solo trips ki hui hain, Akshay. Akshay hi ab ek hai jo meri help kar sakta hai meri solo trip ko plan karwane mein. Akshay mere school ka dost tha, hum utne jyda acche dost toh nahi rahe par uske zingadi jeene ke tareeke dekh kar mujhe humesha envy zaroor hui hai. Humesha khulkar jeena, jo karna hai bas kar dena bina aas paas ke logo ki soche yeh akshay tha mere liye. Akshay ko social media par ek message chodh diya maine.

"Hi Akshay, ek help chahiye thi yaar jab bhi free ho toh message karna." Maine likh diya.

Kuch hi waqt baad uska reply aaya.

"Arey kaisa hai bhai, bahut waqt hogya mile hue, bata bata kya help chahiye, anything bhai." Akshay ka reply aaya.

"Bhai tu jaise yeh solo trips karta rehta hai, maine teri stories aur posts mein dekha hua hai, yarr mujhe bhi ek solo trip karni hai yarr, par samajh nahi aarha ki kahan jaun aur kaise plan karun sab kuch, kuch help karde bhai ismei." Maine turant reply kiya.

"Arey tension mat le, bahut simple hai koi bhi aisi jagah dekh jo teri city se seedhi train ya flight se jaa sake tu, kyunki pehli baar hai na toh jitna simple jagah jayega utna better rahega, fir try yeh karna ki hotels ki jagah hostels mil jayen, aur packing karte waqt saaman jitna nominal rahe utna better hai, jyda saaman hone se tu ghoomega kam aur saaman ki fikr jyda karega." Akshay ka reply aaya.

"Tu suggest kar yarr koi jagah, baaki fir main packing aur hostel bookings kar lunga." Maine kaha.

"Dekh tu aisa kar Jaipur, Ajmer aur Khatushyamji wala route kar le pehli baar ke liye. Sukoon bhi milega aur mujhe aisa lag raha hai ki thoda pareshan bhi hai tu, toh darshan karke aayega toh aur accha lagega fir." Akshay ne kaha.

"Par yarr Ajmer aur Khatushyamji kyun, mera inn dono jagahon se koi lena dena hai hi nahi, toh fir aise hi chale jaun kya." Maine reply kar diya.

"Dekh lena dena ho yaa nahi, simple si baat hai yarr pehle toh yeh dono Jaipur se bahut hi paas mein hain, aur fir yaar ek baat bata tere paas itna kuch hai zindagi ka diya hua aur agar kuch dikkatein bhi hain saath mein, toh saari cheezon ke liye ek baar agar thank you bolke aa jayega toh problem kya hai, mera bhi koi lena dena nahi hai dono jagahon se par main fir bhi gaya tha kyunki mujhe lagta hai yarr agar itne lakhon logon ki aastha hai inn jagahon mein aur itna vishwas hai logo ka toh ek baar toh jaake thank you bolna banta hai aur fir tu soch na hum kitne privileged hain ki yahan tak jaa sakte hain kam se kam, warna aise na jaane kitne hi log hain jo sochte hain jaane aur jaana bhi chahte hain par kabhi qismat saath nahi deti toh kabhi waqt unse munh fer leta hai. Toh bhai yeh sab mat soch aur hoke aa yeh teeno jagah." Akshay ka lamba sa reply aaya.

"Theek hai bhai chal ab tune itna jyda convince kar hi diya hai toh fir Jaipur, Ajmer aur Khatushyamji hi meri pehli solo trip hogi, aaj hi train reservations aur hostel bookings kar deta hoon." Maine reply kiya.

"Yeh hui na baat my boiii. Chal main nikalta hoon ab kaam hai thoda, baad mein baat karte hain aur jald hi milte hain, tab batana poora apni solo trip ke baare mein. Bye bro." Akshay ne kaha.

"Done bhai done jald hi milte hain. Thank you bhai. Dhyaan rakhna." Maine kaha.

Akshay se baat hote hi maine sabse pehle Youtube khola aur search kiya Jaipur, Ajmer aur Khatushyamji ke baare mein aur yahan kaise ghoom sakte hain aur kya kya ghoomne ko hai uske baare mein.

Beech beech mein uski yaad wapas aa jaati hai, toh firse sochne lagta hoon ki kya sahi kiya aur kya galat kiya maine. Yeh saare jawab shayad itne asaani se milne wale nahi hain, kyunki kabhi kabhi apne faisle par khushi hoti hai toh kabhi khud par hi gussa bhi aane lagta hai, kyunki bhale hi tab zindagi bekaar thi par zindagi thi toh, ab toh zindagi naam par bas bhatak hi raha hoon. Aaj baat solo travel tak pe aa chuki hai.

Search kar hi raha tha ki tabhi Akshay ka ek aur message pada hua tha.

"Bhai agar jaa hi raha hai toh main suggest karunga ek kitaab bhi le jaana saath mein, akele travel karte hue kyunki waqt bahut hota hai, kitni movies aur tv shows dekhega isse behtar hai ki ek kitaab padhte hue waqt guzaarna bahut sukoon milega."

"Yarr baat toh sahi hai par main kitaabein nahi padta hoon, mujhse padha hi nahi jaata." Maine reply mein kaha.

"Arey tension mat le jyda heavy kitaab nahi suggest karunga ek simple si novel hai, "Manav kaul" ki "Patjhad". Ek safar ke baare mein hi hai yeh novel bhi, tu dekhna tere saath reh jayegi yeh novel, maine bhi isse ek solo trip ke waqt hi padha tha, aur mera safar aur bhi khoobsurat hogya tha." Akshay ne kaha.

"Theek hai bhai tu keh raha hai toh order kar deta hoon." Maine reply mein likh diya.

Mera mann toh bilkul bhi nahi tha aisi koi bhi kitaab ko saath leke jaane ka, par ab Akshay ne suggest kar di thi aur fir uska experience aisi trips ka mujhse kahin jyda bhi hai toh maine socha le jaunga saath mein, fir agar padhi toh theek hai aur nahi bhi padhi toh kaunsa usse pata lagne wala hai.

Agle ek hafte sab kuch pata karke maine apni bookings poori kar di thi, ek accha hostel mil gaya tha, jismei ek bunk bed mil raha tha mujhe 4 logon ke sharing wale room mein. Aur jaisa unn logon ne claim kiya hua tha ki yeh hawa mahal se walking distance par hi hai Jaipur mein, mujhe laga baaki options mein yeh sab hawa mahal se bahut door dikha rahe hain toh fir maine teen din ki booking issi hostel mein kar di. Hostel ki jo photos website par thi unhe dekh kar aisa lag raha tha ki yahan jyda-tar solo travellers hi aate honge. Akshay ne jaisa kaha tha packing ke baare mein toh bahar ki halki thand ko dekhte hue maine ek jacket rakh li aur saath mein do sweatshirts bhi, basic grooming kit tyaar kar li aur kyunki mera aana jaana AC coaches mein tha toh blankets ka ek bag aur kam hogya tha, ab mere paas sirf ek trekking bag tha, jisse main iss poore safar mein apne saath rakhne wala tha, yeh mera sahara aur main iska.

Thoda sceptical toh zaroor tha main waise iss trip par jaane ke liye par ab tara ko waada bhi de diya tha usse bhi nibhana tha, toh socha ki jyda se jyda kya hi hoga, bina koi bhi mazze kiye sirf ek work trip ki tarah isse sochkar jaake wapas aajaunga.

Train board karne ka din aa chuka tha, apne trekking bag ke saath main railway station ke liye nikal aaya, rashtey mein aate hue bhi yahi soch raha tha ki agar na jaun toh kaisa rahega, yahan kamre mein saara kuch sukoon hi toh hai. Railway station par train pehle se aa kar khadi hui thi, main apni seat par jaise hi pahucha wahan pehle se kisi aur ne bedsheet laga rakkhi thi, mujhe andar se awaaz aai ki "Yeh toh shuruwaat hi aisi horahi hai pata nahi aage aur kitna galat hone wala hai."

Unki ticket dekhi toh wo reservation unhone agle mahina ka karwa liya tha galti se aur aaj yeh meri hi seat thi yeh final hogya. Train mein baitha hi tha saaman set kiya tha ki saamne baithe hue ek bhaisaab ne poocha "Kahan tak jaa rahe ho aap".

"Ajmer tak." Maine kaha.

"Accha, hum toh Khatushyam ji jaa rahe hain, yahan se pehle Jaipur wahan se seedha Khatushyamji." Unhone kaha.

Mujhe yeh random small talks humesha se hi bahut uncomfortable lagti aai hain, aur fir aisi kisi bilkul hi anjaan se toh aur nahi. Par ab akela hi tha aur time toh nikaalna tha toh apne bag se wo kitaab nikaal li jo mujhe Akshay ne recommend ki thi, "Patjhad". Ek baar jo uss kitaab ko padhna chalu kiya maine aas paas ki poori hulchul jaise ruk si gayi thi, iss kitaab mein ek safar ka hi zikr tha, ek aise vyakti ka jisse bhi safar karna pasand nahi par wo safar par nikal aaya hai.

Mujhe thodi der baad itni ghutan hona chalu ho chuki thi ki lag raha tha kisi ko call kar dun aur keh du ki please mujhe jaane se rok lo, main aur aage nahi jaana chahta hoon. Mera mann hua ki main agle station par hi utar jaun aur wahan se agli train pakad ke wapas aa jaun apne kamre. Par dimaag ko shaant rakhne ke alawa koi aur option tha nahi mere paas kya karta aur isiliye socha, shaant rehta hoon bas waqt ko guzarne deta hoon.

Agle station par ek ladki aa kar baith gayi saamne wali seat par, thodi ajeeb si thi, shayad kuch jyda jaldi mein bhaagte hue aai thi kahin se aur seedha train pakad li. Usne jaldi se apna saaman set kiya aur kisi se call par baat karne lagi, main apni kitaab mein tha poori tarah se, aur thoda dara hua bhi aage ke liye.

"Hey nice book, so finally I have found a reader of Manav kaul just like me." Usne kaha.

Usne aise achanak se kaha yeh ki mujhe samajh hi nahi aaya kaise react karun kyunki yeh meri Manav kaul ki pehli kitaab thi. Par kyunki usne itna excitement se poocha tha toh mujhe bhi utni hi shiddat se jhooth bolna pada.

"Yes I like Manav's writing a lot, the depth in his writing is something I really cherish, because it's very rare these days to find." Maine kaha.

"That's true, Hi I am Manasvi by the way." Usne kaha.

"That's a fascinating name I must say, I am musafir." Maine kaha.

"Hmm, yours is not too common by the way, musafir haan. It is so nice to meet you musafir." Manasvi ne kaha.

Maine kitaab ko side mein rakh diya aur hamari kuch baatein shuru ho gayi, mujhe bhi nahi pata kab maine usse apne baare mein sab kuch bata diya, par maine usse iss trip mein lag rahe apne darr ke baare mein kuch bhi nahi kaha, mujhe laga yeh janne se wo shayad mujhe judge karegi. Usse baat cheet mein pata laga ki wo yahan apne boyfriend se milke usse breakup karne aayi thi.

"Toh breakup toh tum call ya message par bhi kar sakti thi na aise itna door travel karke aane ki kya jarurat thi." Maine poocha.

"Haan baat toh sahi keh rahe ho tum, yeh sab call par bhi ho sakta tha, par pata mujhe andar se yeh laga ki agar hamara rishta shuru offline hua tha toh yeh bahut badi disrespect hogi hamare rishtey ke liye ki yeh agar online khatam ho. Mujhe koi bhi regrets nahi hain apne rishtey se, par shayad ab main kuch aur chahti hoon aur wo kuch aur, isiliye hum alag ho gaye ek doosre ki khushi ke liye." Manasvi ne kaha.

"Haan yeh online breakup wali baat tumne sach kahi kyunki maine bhi yeh face kiya hai, par yeh ek doosre ki khushi ke liye ek doosre se hi alag ho jaane wali baat mere samajh nahi aayi sach kahun toh, matalab kya tum dono saath mein wo khushi nahi dundh sakte the." Maine poocha.

"Shayad nahi, main yahan nayi jagah par hoon aur wo ab bhi wahi jagah par apne puraane logon ke saath khush hai, mujhe aage ka explore karna hai aur bhi naye logon se milna hai, apni duniya aur bhi badi karni hai, par usne apni duniya ki limit set kar li hai, aur aise mein mujhe laga ki na wo meri duniya ka hissa ho payega aur naa-hi main uski duniya mein fit ho paungi, toh behtar hai ki hum apni apni duniya mein kisi aise ko dundh le jo wahin jaa raha ho jahan hum jaana chahte hain, don't you think isse safar thoda aur asaan ho sakta hai." Manasvi ne kaha.

Mujhe manasvi ki baaton mein kahin tara dikhi, uske bhi khayal kuch aise hi the, alag se, ajeeb se. Par manasvi jo karke aayi thi mujhe laga shayad mere aur uske beech bhi wahi hua tha, meri duniya shayad tay ho chuki thi uss waqt aur uski duniya aur badi hoti jaa rahi thi.

Ab pata nahi yeh hamare alag hone ko bhi justify karta hai ya nahi par manasvi ki baaton se uski zindagi mein yeh cheez justify ho hi rahi thi. Thodi der baad jab andhera ho chuka tha poore dabbe mein toh maine manasvi se poocha.

"Tum cigarette peeti ho kya?"

"Haan kabhi kabhi jab bahut bhari hui hoti hoon andar se tab." Manasvi ne kaha.

"Toh abhi kya mehsoos kar rahi ho fir."

"Abhi toh aisa lag raha hai ki bas koi cigarette de de mujhe fir main aur meri cigarette bas kisi aur hi duniya mein chale jaane ko tyaar hain."

"Chalo fir train ke gate par, kisi aur duniya ki shair par chalte hain." Maine kaha.

"Tumhe nahi lagta yeh thoda illegal kaam hai, aur hum fass sakte hain." Manasvi ne kaha.

"Itna darogi toh kaise chalega yarr, safar par ho, akeli ho kaun hai yahan tumhe judge karne ke liye." Maine kaha.

Kuch hi der mein hum dono train ke gate par khade hue the aur haath mein ek ek cigarette thi, wo apni cigarette ke kash le rahi aur main apni ke, kuch baat toh thi usmei, jab bhi wo kash leti thi toh mann karta tha ki main bhi uske kash ke dhuyen ke saath udkar uski duniya mein chala jaun. Aur dekhu ki wahan kya kya hai mere layak.

"Toh tumhara dil kab toota." Manasvi ne poocha.

"Actually thoda complicated hai yeh." Maine kaha.

"Toh kya hua, safar pe ho tum, akele ho yaarr. Yahan koi nahi tumhe judge karne ke liye." Manasvi ne kaha.

"Accha theek hai main batata hoon, toh kuch aise tha ki mujhe samajh aane laga tha ki uska interest jaa chuka hai mujh par se aur wo apni nayi duniya mein khush hai ab, toh maine breakup kar liya usse online, aur fir ab mujhe hi jyda dard hota hai aur uski kami khalti hai humesha." Maine kaha.

"Toh jab tumhe yeh lagne laga tha ki uski duniya tumhari duniya se alag hone lagi hai tab kya tumne usse baat ki thi iss baare mein." Manasvi ne poocha.

"Nahi maine usse aisi toh koi bhi baat nahi ki thi, mujhe laga ab baat karne ke liye bacha hi kya hai." Maine kaha.

"Bas musafir bas, yahin toh hum galti kar dete hain yarr, hum baat hi toh nahi karte sab kuch bas khud se soch lete hain, tumhe pata hai ho sakta hai agar tum ek baar usse baat kar lete toh shayad wo tumhe apni duniya ke baare mein samjha deti aur tumhari duniya ke baare mein samajh leti, aur aaj tum saath hote, maine bhi yahi galti ki apne rishtey mein. Na usne mujhse poocha ek baar bhi aur na main bata paai waqt par aur dekho aaj main especially aayi usse milne nahi breakup karne ke liye." Manasvi ne kaha.

Manasvi ne ek aur cigarette maangi mujhse, aur uski aankhein nam ho chuki thi, aadhi raat ko do anjaan log cigarettes share karte hue apni apni kahani batate hue kitne ek se lagte hain na. Hum chahe kahin bhi aaye ho, aapka mehsoos kiya hua personal se personal bhi ek waqt aur perspective paa lene ke baad aapko universal lagne lagta hai. Manasvi cigarette peene ke baad thoda seham gayi thi, aisa lag raha tha ki usse sach mein iss cigarette ki bahut jyda zaroorat thi, wo sach mein andar tak se bhar chuki thi, apne adhoorey rishtey ka bhoj sambhalte sambhalte.

"Musafir maine tumse yeh toh poocha hi nahi ki tum jaa kahan tak rahe ho." Manasvi ne kaha.

"Main toh Ajmer tak jaa raha hoon, aur tum kahan tak jaa rahi ho." Maine poocha.

"Main toh Jaipur tak hi jaa rahi hoon, wahan se fir lagbhag 30kms ke safar ke baad mera college aa jayega." Manasvi ne kaha.

"Toh matlab yeh safar humesha tak nahi chal sakta na." Maine poocha.

"Nahi yarr musafir, tumhe pata hai mujhe aisa lagta hai ki har safar ki apni niyati hoti hai, har safar ka kaam hota hai ki tumhe uski tay manzil tak lekar toh jaaye, par tumhe uske aage jo manzil hai uska bhi ek andaaza dila de. Toh haan yeh safar hamara saath mein jo hai wo khatam hoga zaroor par tum dekhna iske aage ke safar ke liye fir koi naya saathi musafir bhi mil jayega tumhe." Manasvi ne kaha.

"Tum pakka college mein hi ho na abhi, tumhari baatein poori ek philosopher wali hain, par accha hai tumhare paas tajurbe kaafi hain." Maine kaha.

"Haan yarr main na badi ajeeb si hoon, mujhe na zindagi badi hi ajeeb si lagti hai, main kabhi isse calculation karke nahi jee sakti. Mujhe sirf flow ke saath chale jaana accha lagta hai. Main safar pe chodh deti hoon manzil ko, mere khayal mein agar safar poori imaandaari se tay kiya hai toh galat manzil par pahuchna impossible hai." Manasvi ne kaha.

Hum haste khelte aise hi baatein karte hue wapas apni apni seats par aagye, hum dono ki upper berths thi toh upar aagye hum seedha, ek doosre ki taraf sir rakh kar hum dono bas ek doosre ko dekh rahe the, andhere ki wajah se wo itna clear dikh bhi nahi rahi thi, par uski muskurahat utni hi saaf samajh aarhi thi, mere chehre par shayad ek sukoon sa aa chuka tha, main jitna nervous aur dara hua safar ke bilkul shuruwaat mein tha ab manasvi se milne ke baad main utna hi shaant mehsoos kar raha tha.

Maine manasvi ko dekha, usne mujhse paas aane ko kaha. Main thoda paas gaya toh usne aur paas bulaya, fir ussi ne mujhe apni taraf kheech liya, aur usne apne hoothon ko mere hoothon par rakh diya aur bina harkat kiya bas mujhe kiss karti rahi, maine bhi bina khud ko roke bas iss lamhe mein uska saath de diya. Hum dono ne 5mins lamba kiss kiya, fir main apni berth par wapas aagya. Manasvi ne mujhse kaha ki ab main sukoon se soo paungi, tum bhi ab so jao. Manasvi turant so gayi, par main kaafi der tak ussi kiss ke baare mein sochta raha, mujhe vishwas hi nahi ho raha tha ki yeh abhi hua kya mere saath. Par mujhe bhi sukoon mehsoos hone laga, maine bhi fir sona tay kiya aur laet gaya.

Subah meri neend lagbhag 8 baje khuli, maine jaise hi aankhein kholi toh dekha ki manasvi apni berth par lete lete mujhe bas ek-tak dekhe jaa rahi hai, aur smile kar rahi hai, maine poocha bhi ki kya hua, toh ek dum se usne apna blush karna chupa liya. Usne mujhe apni seat par bula liya baithne ke liye, humne kal raat ko hui kiss ka koi zikr nahi kiya, firse zamane bhar ki baatein karte rahe, wo mujhe apni duniya ke baare mein batati rahi aur main usse apni. Hamari apni apni duniya kitni alag thi par fir bhi hum kitne ek jaise the ek doosre se abhi, usne mujhe waada kiya ki wo mujhe wapas train mein baithane zaroor Jaipur station aayegi jab main Jaipur se wapas nikal raha hounga ghoom kar.

Humei pata bhi nahi laga aur hum dono ke haath ek doosre ke haathon mein the, hum bas baatein kiye hi jaa rahe the, manasvi mujhe sukoon de rahi thi jo shayad tara ke jaane baad se main dundh raha tha, par tara ki hi tarah manasvi bhi bas kuch hi der mein apni duniya mein laut jaane wali thi. Mujhe samajh hi nahi aata ki kisi ko roka kaise jaata hai apni zindagi mein, ek aisa insaan jiske jaane se tum khatam ho jaoge tumhe pata hai par fir bhi tum usse rokne ki himmat nahi kar paate aisa kyun hota hai.

Manasvi ka station bas aane hi wala tha, hum upar ki berth par baithe baithe lagbhag saari baatein kar chuke the, ab dono ko samajh bhi aarha tha ki jaane ka waqt qareeb hai, manasvi ne achanak se kaha, "Kya hum firse kiss kar sakte hain abhi", maine bina kuch bhi bole, apne hoothon ko manasvi ke hoothon par rakh diya aur bina aas paas mein kaun hai iski parwaah ke maine bas apni poori shiddat se usse kiss kiya, hamari saansein ek ho chuki thi, mujhe mann kar raha tha ki usse utarne hi na dun uske station par, bas aise hi usse lipta rahun humesha ke liye. Par uska station aagya aur humei neeche aana hi pada, uska saaman iss baar maine uthaya aur hault kyunki jyda nahi tha toh jaldi se hum bahar aagye coach ke platform par, manasvi shaant thi aur main bhi. Train ne nikalne ka siren de diya tha, manasvi ne mujhe dekha aur bas mujhe gale laga liya, bina kuch kahe bas hum ek doosre ke gale lage rahe, main wapas coach mei chadha, tab tak train ne chalna shuru kar diya tha, main gate pe khada hoke bas manasvi ko dekhe jaa raha tha, wo choti hoti jaa rahi thi doori ke saath saath aur fir wo poori gayab ho gayi.

Mera mann hi nahi hua wapas andar jaane ka, main bas ussi gate par baith gaya aur ek cigarette jala li, fir manasvi ke saath bitaye waqt ko yaad karta raha, bahut der tak yahi silsila chala, fir jab thode waqt baad main halka hua toh aage ke safar ke baare mein yaad aaya, Ajmer pahuch kar kya kya karna hai yeh sab dimaag mein ghoomne laga tha.

Ajmer pahuchte hi kuch toh badla hawa mein, ajmer ki hawa mein hi ek paksaazgi hai shayad, thoda sceptical toh tha main bhi kyunki yeh meri trip ka pehla destination tha, sabse pehle toh yeh pata kiya ki kaunse number platform par utarne se Dargah sharif ke liye asaani se pahuch sakte hain, auto mein baith kar seedha main Dargah sharif pahuch gaya, itni bheed maine shayad hi kabhi zindagi mein dekhi hogi jitni yahan ek gali mein thi, itni galiyaan aur har jagah hi itne log ki samajh hi nahi aarha tha ki kahan jaana hai aur kahan nahi, fir ek bhaijaan aaye aur kaha ki yahan aap apna samaan rakh dijiye dukaan pe aur kuch chadhava lekar dua kar aayiye, warna abhi kuch der mein Dargah ke band hone ka time ho raha hai, mujhe iss baare mein kuch bhi idea toh nahi tha, toh jaisa unhone kaha maine waisa hi kar diya, samaan wahan chodhte waqt thoda darr bhi tha ki jab tak wapas aaunga tab tak samaan yahin milega bhi ya nahi.

Dargah ke andar gaya toh ek alag sa sukoon tha wahan, jaise aas paas ki duniya bas yahin tak aa kar khatam ho rahi ho. Jaise jaise Dargah ke qareeb hota gaya main waise waise pata nahi kyu meri aankh bharne lagi, iska reason mujhe bhi nahi pata, par aisa laga ki meri na maangi hui dhuayen bhi shayad poori ho rahi hain, wo upar wala sab jaanta hai, jaise hi main jagah par pahucha toh pata nahi kyun maine haath jod liye apne, aur prarthna karne laga, fir aas paas ke logon ko dekh kar yaad aaya, yahan dua karne ka tareeka alag hota hai, par waise hi dimaag mein aaya ki kya hota yeh alag alag, upar toh sab ek hi hai na. Allah ho yaa Ram aakhir mein sab apne bacchon ko unke karmo ke nazariye se dekhenge na, naa-ki dua karne ke tareeke se. Mere chehre par ek sukoon ki muskurahat thi, bheed shayad kam thi uss din toh main bas kuch der khada hi raha wahan par aur chahta tha ki yeh saare na-paak karm mere yahin aaj khatam kar dun, fir kisi ne aage badhne ke liye keh hi diya. Maine sirf sacche dil se dhanyawaad kiya aur sajda kiya, unke aage jinse yeh sab chal raha hai.

Dargah sharif ke bahar aaya toh itna bada aur bhara hua market dekh kar laga ki yahan toh kya nahi milta hoga, maine apne liye ek tabeez le liya, socha jab bhi kabhi darr lagega toh isse apne paas rakhunga aur sochunga ki ab aage ka mamla wo sambhal lenge mere liye.

Kisi se poocha ki aur yahan kya hai ghoomne ke liye toh bataya ki paas hi main Ana sagar lake hai, ek auto kiya aur bas nikal pada Ana sagar lake ke liye, itna sukoon mehsoos hua wahan pahuch kar, akele ek talaab ke kinaare par, halki thandi hawayein chal rahi thi, aur dhoop bhi sir par thi.

Meri train Ajmer se fir Jaipur ke liye thi ussi shaam ko 6 baje. 8 baje tak Jaipur pahuch gaya, pahuchte hi sabse pehle ek cab bula li apni location tak ke liye, maine jis hostel mein booking ki thi wahan tak pahucha tab tak beech mein hawa mahal dekh liya tha, raat ki lighting mein usse khoobsurat shayad hi koi cheez dekhi hogi maine, aaj hi shuru hui yeh trip ab tak mujhe poori tarah se exhaust kar chuki thi, mujhe yeh samajh nahi aarha tha ki log yeh sab karte hi kyun hain. Hostel hawa mahal se sach mein sirf walking distance pe hi tha, pahuch kar jaise hi check in kiya toh pata chala ki mera room main teen ladkiyon ke saath share karne wala hoon. Room ke andar jaise hi ghusa toh sirf ek hi ladki andar baithi hui thi, usne mujhe dekha aur turant hi greet kiya aur mera saaman settle karwaane mein meri madad bhi kar di, aisa laga hi nahi ki hum pehli baar mile hain abhi. Thodi baat cheet hui toh pata chala wo teeno Delhi se aayi hain aur poora rajasthan road trip karke ghoom rahi hain, Jaipur unki aakhiri location tha, fir wo teeno wapas apne seher laut jaane wali thi.

Dinner bhi hostel mein hi mil gaya, pakki rajasthani thali khayi maine, sach kahun toh usse behtar aur zindagi mein kuch nahi ho sakta. Dal baati, gatte ki sabji, churma, aur ghewar. Din bhar ki thakaan ke baad agar wo thaali nahi milti mujhe toh mujhe bilkul bhi andaaza nahi hai main kaise aage ki trip ke liye himmat juta paata. Thode waqt baad baaki dono ladkiyon se bhi mulaqat hui meri, jisse pehle mila tha uska naam roshni tha, baaki dono ke naam tripti aur shailja the. Hum chaaron apne kamre mein the aur bas baatein ho rahi thi, yahan wahan har jagah ki, unn teeno ne mujhe itna comfortable kar diya tha ki mujhe aisa laga ki hum chaaron hi trip par aayen hain sirf wo teeno nahi. Roshni se meri baatein jyda hui unn teeno mein, thodi der baad shailja ne kaha ek cigarette break le lete hain na, mujhse join hone ke liye poocha, maine haan mein jawab diya aur hum chaaron upar wale floor pe bane smoking area mein aagye, ek ek cigarette chaaron ne jala li aur unhone mujhse poocha "Toh musafir karte kya hain aap waise."

"Waise toh jyda kuch nahi, I'm a writer actually." Maine kaha, aur mujhe pata tha ki yeh ek saaf jhooth hai par pata nahi kyun khudko writer bolne mein ek sukoon sa mehsoos hua uss waqt.

"Ohh nice toh kya likhte ho aap musafir." Tripti ne poocha.

"Main bas jyda complex toh kuch nahi bas apni zindagi mein jo kuch bhi hua usse thoda badha chadhakar likh deta hoon aur kabhi kabhi toh jo hua hi nahi kabhi usse bhi likh deta hoon."

Sawaal jawab aise hi chalte rahe, aur ek ke baad ek cigarette bhi jalti rahi. Din bhar ke baad ab baith kar sukoon mein cigarette peena bhi apne aap mein ek khushi deta hai, do cigarettes ke baad jab mein poori tarah se halka hogya toh Manasvi yaad aagyi, fir thodi der baad Tara bhi yaad aane lagi. Aur aakhir mein uski yaad aahi gayi. Main soch raha tha ki kya usse thoda idea bhi hoga ki main solo trip par hoon aur itne anjaan logo se mil raha hoon, aur unke saath apni baatein bhi itna khul kar share kar raha hoon.

Cigarette ka dhuyan na thoda khaas hota hai, thoda andar se maar deta hai tumhe par kuch samay ke liye apni asal duniya se bahar laa kar khada deta hai tumhe. Smoking area mein dheere dheere aur bhi log aane lag gaye aur sab mujhse aise mil rahe the jaise ki hum kabhi pehle ke puraane dost hi ho, jyda tar log wahan solo travellers hi the, aur itni humility maine shayad hi kabhi logon mein dekhi hogi jitni wahan mile logon mei paai. Har koi kuch na kuch dundh raha tha wahan aisa laga, koi sukoon toh adventure, toh koi bas adat ki wajah se chala aaya tha yahan bhi.

Raat ke qareeb 12:30 horhe the, mujhe laga ki kal subah jaldi mujhe Khatushyamji ke liye nikalna hai toh sone chale jaana chahiye, par wahan horhi baatein aur mahual ne thoda rok diya. Maine socha ki kaunsa kisi ko pata lagega ki main Khatushyamji nahi gaya tha, aur yahan toh mujhe koi bhi bolne wala hai nahi. Par andar ki awaaz hoti hai na hum sab mein, usne kaha ki "yaar zindagi bhar doosron se dhoka karte hue aaya hai, ab kam se kam khud se dhoka toh mat kar."

"Main sone jaa raha hoon, kal subah jaldi Khatushyamji ke liye nikalna hai mujhe." Maine kaha.

"Itni jaldi kyun jaa rahe ho yarr, thoda der aur baitho na, maza aarha hai." Shailja ne kaha.

"Nahi yarr sorry, kal aane ke baad baith lenge. Abhi nikalna padega mujhe." Maine kaha.

"Theek hai theek hai tum abhi so jao. Goodnight musafir." Roshni ne kaha.

Subah 4:30 baje uthna hi maut jaisa lag raha tha mujhe, par kuch toh tha andar se ki main uth gaya, fresh n up hua, naha liya jaldi jaldi itni thand mein. Hostel se bahar aaya toh sabse pehle socha koi auto mil jaaye station tak ke liye wahan se train mein baith ke jaldi pahuch jaunga, maine reservations saare pehle se kar liye the, station pahucha toh abhi train thoda late bata rahi thi saamne ek pohe wale bhaiya dikh gaye, acche pohe le liye. Baat cheet mein unse pata chala ki bus se jaunga toh aur asaani se pahuch jaunga. Pata nahi kya hua mere mann mein kuch aaya toh station ke bahar se hi main auto mein baith kar bus stand ke liye nikal aaya, jisse sindhi camp kehte hain Jaipur mein.

Shayad yahi cheezein solo trip ko khaas bana deti hain, warna jitna planning karke mujhe chalna pasand hai main yeh step kabhi nahi leta, sindhi camp bus stand pahucha toh wahan sach mein lagataar bus thi Khatushyamji jaane ke liye, mujhe aaj bhi jyda mehtav pata nahi hai Khatushyamji ka par mujhe bas itna laga ki agar itne lakhon logon ki aastha hai wahan toh ek baar dhanyawaad bol aata hoon bas. Thand itni jyda thi, ki haath toh maano gayab hi ho chuke the, ek chota sa travel bag tha mere paas jismei mere saare essentials the bas, do do jackets aur kaan cover karne ke baad bhi itni thand lag rahi thi mujhe, bus mein baith gaya fir bhi thand ne jaane ka naam nahi liya. Khatushyamji lagbhag 70kms hai Jaipur se, bus ka safar aaram daayak toh zaroor tha, par thand ne shayad uss din apne records tod dene ki thaan rakkhi thi.

Khatushyamji pahucha aur bus se neeche utra toh kuch dikhaai hi nahi diya aas paas, kohrra itna jyda tha ki ek foot door khada hua insaan bhi na dikhaai de, itni jyda thand aur mujhe kisi ne bataya ki abhi yahan se 4kms aur chalna padega, paidal. Bina jyda kuch bhi soche maine bas chalna shuru kar diya, itni thand itna jyda kohrra, andar tak se shareer jawab de raha tha har kadam pe. Ab dimaag mein yeh bhi aane laga tha ki kya sirf ek "Thank you" bolne ke liye itna jyda extreme weather jhelna zaroori bhi hai, din nikalne ka naam nahi le raha tha, thand aur badhti jaa rahi thi. Par pata nahi kyun main bas chalta gaya, sach kahun toh yeh kahan se aai itni shakti mujhe bhi nahi pata kyunki aaj sochun bhi uss weather ke baare mein uss thand ke baare mein toh rooh kaanp uth-ti hai.

Itne waqt paidal chalke meri haalat kharab ho chuki thi, par din abhi bhi nahi khula tha. Main seedha darshan ki line mein lag gaya, bheed bahut hi jyda kam thi toh line bhi tezi se aage badhi. Pata nahi kya hua par mere dimaag mein apni ab tak ki yatra ghoom rahi thi, achanak se mera gala sukhne laga aur meri aankhein nam hogyi. Mujhe kuch alag vibrations mehsoos hui. Kuch toh badla wahan uss pal mein, thand lagna jaise ek jhatke mein band hogyi. Jaise jaise line aage badhi waise waise dil ki dhadkan badhne lagi, aur jaise hi main bhagwan ke saamne pahucha toh mera rona nikal gaya, bheed kam hone ki wajah se mujhe kisi ne aage jaane ko bhi nahi kaha, aur main bas railing par sir rakh kar ro raha tha, dil halka hone laga. Saari dikkatein jaise apne aap be-maani ho rahi thi, maine dil bhar ke shukriya kiya iss zindagi ka bhagwan se. Aage ki zindagi ke liye sirf strength maangi, easy life nahi. Aur aise hi bas wahan se aage badh gaya, jab mandir premises se bahar aaya toh laga jaise ek bhoj tha mann mein wo utar gaya ho. Ek mithaai ki dukaan gaya aur 1 kilo mithaai leli pata nahi kyun, do dabbe the 500gms ke.

Socha ki mera toh waise bhi koi intezaar nahi kar raha hai, do dabbo ka kya karunga, toh wahin ek dabba khol kar baatna chalu kar diya.

Jin logon ko main mithaai de raha tha unki khushi dekh kar ek baar firse aankhein nam hogyi, mujhe laga ki meri iss ek mithaai se toh inka poora paet bharega nahi par fir agar kuch ek pal ki bhi madad main kar sakun toh kyun nahi, thoda jyda selfish jeevan jeeta hoon main shayad. Kisi ki madad bhi shayad apne bhoj ko kam karne ke liye hi karta hoon. Mujhe aise jeevan se bhi koi dikkat nahi hai waise, kyunki aakhir mein jinko madad ki zaroorat hai unki madad ho jaati hai aur mera thoda kuch dil halka ho jaata hai.

Wapasi ke liye bus mil gayi aaram se toh bas baith kar gaane sunte hue aur shukriya karte hue wapas aagya Jaipur apne hostel mein.

Wapas aaya toh pata chala ki wo teeno jaa chuki thi, reception par generally pucha toh unhone bataya ki koi urgent kaam aagya tha unhe toh unn teeno ko nikalna pada wapas Delhi ke liye.

Main ab akela firse kamre mein baitha tha, ek dum waise hi jaise main apne seher ke apne kamre mein hota hoon, Jaipur ke iss hostel mein bhi utna hi akelapan mehsoos hota hai jitna main wahan apne kamre mein mehsoos karta hoon.

Par mujhe yaad aaya ki mere paas ek saathi toh hai meri kitaab, bag se nikali aur bas padhne baith gaya, Manav ne jis khoobsurati se iss kitaab ko likha tha, mujhe yeh bas apni hi journey lag rahi thi, ki main bhi aise hi anjaan seher mein anjaan logon ke beech mein khudko dundhne ke liye chala aaya hoon, wo bhi ek anjaan ko diye waadey ki wajah se hi, kitaab padhte padhte main aur akela mehsoos karne laga.

Tabhi gate par knock kiya kisine, maine darwaza khola toh ek foreigner saamne khadi thi, usne khudko introduce kiya aur kaha ki issi room mein usse ek bed allot hua hai. Maine usse welcome kiya wo mujhse badi thi umr thi yeh theek theek samajh aarha tha mujhe, aur wo akeli thi bilkul, toh yeh bhi samajh aaya ki wo solo travel kar rahi thi.

Luggage settle karke hum baithe toh usne mujhe ek smile di aur kaha.

"Hi, I'm maria, maria james. I'm travelling solo as you can see. I understand hindi because of certain reasons but unfortunately I can't speak hindi yet.

So yes if you are comfortable in hindi. Then I will speak in english and you can speak in hindi as well." Usne kaha.

"Hi maria, I'm musafir. And I can speak english quite fluently but yes as you can understand hindi so I'll be speaking mostly in hindi only." Maine kaha.

"Yaa yaa sure, it's not an issue. So what brings you here young man." Maria ne pucha.

"Bas solo travel karne ka mann hua aur main aagya yahan, aur ab tumhare saath baitha hua hoon. Par mujhe yeh batao ki tumhe hindi samajh kaise aa jaati hai." Maine poocha.

"Actually I'm a meditation expert, I work with many clients and corporates in UK. I'm from London originally. But I was a lawyer before this. And after achieving every possible material thing, I realised I was empty from inside, you know. So I just packed my bags and started travelling solo just by fluke I got to know about Rishikesh from a fellow solo traveller only, and I've heard that real peace lies here, so I decided to come here for just a month to attend a yoga retreat but my trip got extended and extended. And here I am coming

India for almost 3 years now. Every year I come to India and travel solo for 2 months, all the different places and cultures that I explore, I take them back to my country and pass on my experiences to my clients there. Because of this extensive travelling in India, I've started to understand the hindi language properly and some bits and pieces of some other regional languages as well." Maria ne kaha.

"Ohh now I understand, toh tum kahan kahan pe ghoom chuki ho India mein." Maine poocha.

"I've travelled to almost every where now, I loved being in South of the India, it's so full of culture. And I also do love the peace of kashmir valley. The ruggest terrains of himachal and pure elegance of rajasthan now." Maria ke kaha.

Maria ki baatein sunte hue mujhe lag raha tha yeh mere desh mein nahi aayi bahar se, main bahar kahin se aa kar isse mil raha hoon aur ab yeh mujhe apna desh ghoomane wali hai.

"What's your story, what brings you here musafir?" Maria ne poocha.

"Main yahan bas aagya hoon actually mein, mere paas koi bhi plan nahi hai, Ajmer aur

Khatushyamji hoke aa chuka hoon aur ab Jaipur mein kya karne wala hoon mujhe koi idea nahi hai." Maine kaha.

"That's too courageous you know, if I reflect back upon myself. I could not go anywhere alone, and here you are travelling solo. By the way I guess you are running from something, because at the stage of life you are right now people don't seek solitude, they are either avoiding something or trying to escape from their real self for a while." Maria ne kaha.

"Actually tumne sahi kaha, mera breakup hogya kuch waqt pehle aur uske jaane ke baad se hi main clueless hoon ab, mujhe koi idea nahi ki aage ki life kaisi hogi aur main rahunga bhi ya nahi usse dekhne ke liye." Maine kaha.

"Musafir those thoughts are really instrusive okay, I don't know exactly what is going on with you but since we are here in this room together, if you want you can share anything with me." Maria ne kaha.

"Actually pata hai maria, main na humesha bhaag jaata hoon apni dikkaton se. Mujhe aisa lagta hi nahi hai ki main kisi bhi conflict ko face kar paunga life mein, and fir wo bhi mujhe chodh kar chali gayi uske baad se toh fir mera decline hi chal raha hai." Maine kaha.

"See musafir, whatever life I have experienced till now, I feel that everything gets settled in the very end. One should just remember to do good to others and be honest with oneself. So I believe if you were truly honest in your previous relationship you should not worry about it ending, at least you have fulfiled your karma, your deeds right. Sometimes just think with yourself that, are all the mistake were hers only? Take your time and analyse yourself as well." Maria ne kaha.

Maria ki baaton ka mere paas koi bhi jawab nahi tha, maine abhi tak sirf usse blame kiya tha, yeh baat kabhi dimaag mein aayi hi nahi ki shayad se kuch galtiyaan meri bhi ho sakti hain. Fir maria ne kaha ki agar mera koi bhi plan nahi hai yahan kaise kya ghoomna hai toh mai uske saath ghoom sakta hoon fir har jagah. Maine haan keh diya mujhe laga waise bhi akele mujhse manage toh hota bhi nahi kuch bhi. Shaam ho chuki thi maria ne kaha ki chalo Hawa mahal dekh kar aate hain, shaam ko uski roshni dekhne layak hoti hai. Kyunki Hawa mahal walking distance par hi tha humne socha hum walk karte hue aur kuch aas paas ka market dekhte hue ghoom aayenge Hawa mahal tak. Maria mujhse kaafi badi thi umr aur shayad zindagi ke tajurbe ke nazariye se bhi.

Maria ko bhi coffee ki hi lat thi, meri hi tarah. Unhone sabse pehle kaha ki ek café mein baith-te hain uske baad Hawa mahal dekhne chalenge. Paidal chalte chalte hamare hostel se kuch hi dur par ek café mil bhi gaya, main aur maria wahan jaa kar baith gaye. Maria ne black coffee order ki aur maine regular hot coffee hi.

"You know I have been in many relationships and I have ended many of them and got dumped sometimes as well. What I have learnt is that external relationships can only give you temporary satisfaction, but the relationship you build with yourself is far more precious than any other relationship. Now that you are heart broken right, I'm sure right now you have no belief left in love, but I would say that this is the best time to build a healthy relationship with yourself." Maria ne kaha.

Mere paas inn baaton ka kabhi koi bhi jawab nahi hota, shayad maine itna gehra socha hi nahi hai kabhi zindagi ko. Main sirf haan ya naa mein jawab de raha tha maria ko, aur shayad unhe bhi yeh baat pata thi ke mere paas jawab nahi hain, par unhe shayad laga ki unki kahi baatein mere saath kahin reh jayengi toh wo bolti gayi.

Coffee khatam karke hum dono uthe aur Hawa mahal ki taraf chal diye, shaam ki roshni mein Jaipur ki sadkein sach mein kuch alag lagti hain, Hawa mahal ke aas paas hi itna bada market hai aur itna kuch hai khaane peene ke liye, par mujhe sirf maria ke peeche peeche chalne mein hi maza aarha tha, unka ghoomne firne ka itna jyda experience tha, wo bahar ke desh se ho kar bhi yahan ke baare mein mujhse jyda janti thi, unhone ek white top pehna hua tha aur neeche blue jeans wo sach mein apni umr se bahut kam dikhaai deti thi, aas paas kai aur bhi foreigners the hamare, sabko dekhte hue mujhe yahi lag raha tha ki inse jyda courage kiske paas hoga ki ek anjaan desh mein aise ghoomne chale aana, jahan ka naa culture samajh aata ho aapko aur naa hi language. Fir bhi explore karne ki itni jyda iksha ki yeh log khud ko rok hi nahi paate aur bas nikal padte hain naye naye safar par jaise hi mauka milta hai, mujhe laga uss waqt ki inn logo ka asar mujh par bhi ho raha hai, mera bhi mann hone laga ki main bhi ab solo travel ko aur seriously lena shuru kar dun.

"See, this is so beautiful isn't it. I was also fascinated with the beauty and elegance of Jaipur. I have always seen pictures of Hawa mahal and now finally I am witnessing this myself." Maria ne kaha.

"Haan photos maine bhi kai dekhi hain par pata nahi kyun jaisa aur jitna jyda aap mehsoos kar paa rahi hai shayad utna main nahi kar paa raha hoon." Maine kaha.

"Tomorrow we are going to Amer fort and trust me you'll thank me for it, now let's have some dinner and then we'll get back to our hostel." Maria ne kaha.

Maine bas maria ki haan mein haan kar diya aur maria ke peeche ho liya, kuch dur chalte hi humei ek theek thaak restaurant dikh bhi gaya, wahan baithe hi the ki aas paas ke khaane ko dekh kar bhuk aur jyda badh gayi. Hum dono ne hi rajasthani thali order kar di, thali ka intezaar karte hue maria mujhe apne desh ke baare mein aur apni puraani zindagi ke baare mein batane lagi, wo London se thi aur wahan unki pichle 15 saalon ki zindagi as a lawyer guzri thi, unhone wo saari photos bhi dikhaai tab ki jab wo ek high profile richie rich practicing lawyer hua karti thi.

"Toh apne fir yeh shift li kaise, matlab apni itni comfortable zindagi ko chodh kar aise India chale aana yaa kahin aur bhi ghoomne nikal padna yeh itna asaan toh I'm sure nahi raha hoga aapke liye." Maine kaha.

"Actually it was not difficult at all for me, because you know at that time I was so frustated at my life and everything around it, I just wanted to escape my daily life and that's why I just randomly searched "Best place to find peace in the world" and the results said "Rishikesh". So without thinking much I booked the flight to India. At first yes it was a total culture shock for me here. Because of obvious reason people, dilect, food and weather but slowly and steadly when I got accustomed to this environment, it felt like my reincarnation and because of Guru ji I got addicted to meditation and after sometime I thought why not make it a professional career. I got so much through meditation for myself, I thought if I could just teach this magical practice to a single person only, I would be super grateful but can you believe till today I've taught more than 1000 students this practice and trust me I couldn't be more grateful for this." Maria ne kaha.

Maria ne apni baat khatam ki aur tab tak khana bhi aa chuka tha, hum dono ne bina jyda soche seedha khana khana chalu kar diya, par mere dimaag mein maria ki baatein aur unki ab tak ki journey ghoom rahi thi, mujhe lag raha tha ki maine toh ab tak aisa kuch bada yaa itna courage wala koi kaam kiya bhi nahi hai. Humne jaldi jaldi apna khana khatam kar diya aur jaise hi restaurant ke bahar aaye toh samajh aaya ki thand bahut badh chuki hai, tez hawayein chal rahi thi, aur hum jaise taise apne hostel wapas pahuch paaye. Aate aate rashtey mein maria ne kaha thodi sharab le lete hain, itni thand mein bahut zaroori hai. Waise main sharab utna peeta nahi tha par maria ne kaha toh maine mana bhi nahi kiya unhe.

Hostel wapas aate hi pata laga ki terrace par bonfire ke arrangements hue hain, hum dono apne room gaye change kiya aur apni apni cigarettes aur sharab utha kar terrace par pahuch gaye. Wahan sach mein behadd khoobsurat mahual tha, beech mein aag jal rahi thi, aur saare log uske aas paas mein baithe hue the, jo kuch couple the pehle se aur yaa toh jo kuch yahi ban gaye the wo apne apne blankets le kar aaye the aur wahin enjoy kar rahe the. Main aur maria bhi jagah dekh kar baith gaye aur ek ek cigarette jala li apne liye, aag ki roshni mein maria bahut khoobsurat lag rahi thi, aur saath mein cigarette bhi thi toh aur jyda accha mahual ho raha tha. Kuch der mein hum sab puraane hindi gaano par jam karne lag gaye the, maria ko bahut kam samajh aa raha tha par wo bhi enjoy poora kar rahi thi. Kyunki kal ke liye poora plan maria karne wali thi toh main bina tension liye bas enjoy kar raha tha uss mehfil ko.

"Let's go to our room now, we'll drink some alcohol then we'll sleep , we have to wake up early tomorrow remember." Maria ne apni teesri cigarette ka aakhiri kash lete hue kaha.

"Theek hai chaliye hum chalte hain." Maine kaha.

Hum apne room pahuche aur humei pehle hi reception par pooch liya tha ki kya koi aur bhi aane wala hai hamare room, aur humei pata tha ki sirf hum dono hi hain room mein. Pahuchte hi maria ne ek ek cigarette aur jala li aur ek ek peg bhi bana diya dono ke liye. Ek ek peg khatam hua toh halki halki garmi aayi shareer mein aur main thoda dheela bhi hogya. Din bhar ke travel aur thakan ke baad mujhe laga yeh behadd zaroori tha mere liye. Do do peg khatam karke hum dono hi apne apne bistar par sone chale gaye. Subah jaldi uth jaane ke jhoothe waadey ke saath.

Subah neend khuli toh maria abhi bhi so rahi thi, main washroom hoke aaya tab tak maria bhi uth chuki thi, unhone kaha ki accha hua tum fresh and up ho gaye, ab humei jaldi nikalna bhi hai Amer fort ke liye. Maria aur mujhe tyaar hote hote kuch waqt lag gaya aur hum dono jaise hi hostel se bahar nikle toh dono ko saath mein coffee ki talab hui, hum walk karte hue wahi ussi kal wale café mein pahuch gaye. Ek ek coffee order kar di aur bas baith gaye intezaar mein. Din ki shuruwaat ke liye coffee behadd zaroori hogyi hai mere liye. Coffee ke bina lagta hai din abhi bhi nikalna baaki hi hai.

Café se bahar aaye toh ek auto seedha Amer fort tak ke liye kar liya, Hawa mahal se Amer fort tak ka rashta bahut hi jyda khoobsurat hai beech mein Jal mahal padta hai aur Nahargarh fort bhi paas hi hai. Kohrra itna tha ki na toh Jal mahal dikha aur naa hi jyda aage tak ka rashta dikh raha tha. Amer fort pahuche toh dekha ki abhi toh shuruwaat hi hui thi bas, abhi yahan se bahut upar chadhna baaki hai. Entrance pe hi kai saare guides hamare aas paas aagye par maria ne sabko mana kar diya, mujhe lag raha tha ki humei guide le lena chahiye kyunki khudse itni rich history ko samajhna shayad mushkil hoga par maria pehle se iski tyaari karke aayi thi, unhe iss fort ke baare mein sab kuch pata tha, iski history iske andar kya kya hai aur yahan sabse jyda significance ki jagah kaunsi hai ghoomne ke liye. Main waise surprised toh bilkul bhi nahi tha maria ki iss baat se. Kyunki unka experience mujhse kahin jyda tha travelling ka. Fort ke andar jaise hi enter hue toh jo designs aur architectural magnificence dekhne ko mili wo dekh kar bas wahin ruk kar bahut der main dekhta hi reh gaya, upar thand bahut thi aur meri haalat poori khasta bhi ho chuki thi. Maria ne kaha ki kuch alag karte hain aaj yahan chalo, mujhe samajh toh kuch nahi aaya par main unke peeche peeche ho liya.

Maria ek bench par jaa kar baith gayi, jahan se poori Amer city dikh rahi thi, wahan raja aur maharajao ki praja ke rehne ki jagah thi shayad. Maria ne apni bagal wali bench par hi mujhe bhi baithne ko keh diya aur main baith bhi gaya. Unhone kaha ki hum yahan meditation karenge ab. Mujhe samajh hi nahi aaya ki wo kya keh rahi hain, yahan sabke saamne itne shor mein kaise hum meditation kar sakte the.

"We will meditate here only, see musafir I know you are hurting a lot from your heart break and I want you to do this exercise with me here, I want to help you in someway." Maria ne kaha.

"Okay chalo maan li tumhari baat, par now tell me mujhe exactly karna kya hai, kyunki maine kabhi bhi aaj tak meditation nahi kiya hai." Maine kaha.

"It's very simple, you just have to sit here and just close you eyes, and try to analyse your past life without judgements, only objective analysis leads to the path of improvement. Just sit calmly and without hesitation ask yourself all those uncomfortable questions which you don't want the world to ask you and answer them to yourself with complete honesty, only then you can have the roadmap for your betterment." Maria ne kaha.

Main baith gaya theek waise hi jaise maria ne kaha tha, aur maine sirf sochna shuru kiya ki meri ab tak ki zindagi mein mere saath jo jo bhi galat hua hai, usmei kiski galti thi, agar khuli aankhon se kehna ho toh main ek jhatke mein galti saamne wale ki keh dun, par jab band aankhon se sochna shuru kiya toh aisa laga ki nahi shayad kuch galtiyaan meri taraf se bhi hui thi, jinke liye bhi maine saamne wale ko hi blame kiya aur kabhi apni galti nahi maani aur naa hi improve karne ka try kiya. Thodi der baad mujhe pata bhi nahi tha ki main hoon kahan pe, main bas apni sochi hui duniya mein jaa chuka tha poori tarah se, mujhe ab wo saari galtiyaan dikh rahi thi jo meri thi, aur jinke liye maine humesha usse yaa doosron ko galat kaha. Halki thandi hawa chal rahi thi, aas paas ka jitna bhi shor tha ab wo bilkul khatam ho chuka tha mere liye, mujhe aisa lag raha tha ki main ek akele kamre mein hoon aur chaaron taraf sirf aayne hain aur mujhe ab inhi se baat karni hai, sochte sochte main kahin jaake apne bikhre hue rishtey par aaya, jahan mujhe humesha yahi laga tha ki galti saari uski thi, aur maine sirf jhela hai sab kuch. Par dheere dheere wo saare lamhe yaad aane lage jab jab usne mera intezaar kiya, mere kehne par usne saari duniya ko chodh diya mera saath dene ke liye. Jab shayad meri apni nazron mein bhi meri itni izzat nahi thi jitni mujhe usne di. Mujhe wo saare pal yaad aane lage jab maine usse waadey kiye the, behtar zindagi dene ke usse aur usne sirf smile karke mujh par vishwas kiya tha, par aakhir mein har baar main fail hota raha, kabhi jaan kar aur kabhi anjaane mein. Par har baar wo mere saath hi thi, hamari ladaiyaan bhi humesha meri kamyabi ke liye hoti thi, wo chahti thi shayad ki ek baar thoda kuch ban jaayen zindagi mein fir jitni bhi enjoyment hai sab kar lenge, par shayad mujhe wo baatein samajh aayi hi nahi kabhi. Uski love language "Emotions" the aur meri love language "Affirmations". Usse mehsoos karna aur karwana pasand tha aur mujhe bol kar batana aur sunna pasand tha, shayad hamari love languages kabhi ek si thi hi nahi. Main bahut der tak sochta raha ki ismei galti kiski thi, par sach kahun toh andar se jawab kuch bhi aaya hi nahi, bas ek baat ghoomti rahi dimaag mein ki jo hona tha wo ho chuka tha, ab shayad tumhare aage badhne ka waqt bhi aa chuka hai, kab tak rote rahoge ussi ek baat ke liye, baaki zindagi bhi itni khoobsurat hai, abhi kitne aur mukaam haasil karne hain, khud par abhi kitna aur kaam karna baaki hai. Uss ek pal mein mujhe ek baat samajh aayi ki shayad ab mujhe aage badhna hi padega aur apni zindagi ke faisle apne haath mein lene honge, bina kisi ko bhi blame kiye hue. Rashta sirf ek dikha wahan se ki khud par kaam karna chalu karna padega, itna behtar banana hoga khud ko ki uski kami kabhi na khale zindagi mein, yaadein saath rahe humesha par bebas kabhi na hona pade. Andar se awaaz "Musafir, iske baad tu sirf upar jaa sakta hai, peeche jaane ka ab koi rashta hai hi nahi, khud par kaam kar aur apna sabse behtar version banke dikha." Mujhe laga ki yahi hai meri calling bas abse.

Aankhein khuli toh main ro raha tha, paas mein maria baithi hui thi aur mujhe dekh kar bas smile kar rahi thi, meri aankhein khulte hi unhone mujhe gale laga liya, aur main zor zor se rone laga.

"I'm so happy right now, what I've seen just now musafir, now you are free from your past. Just trust yourself nobody can stop you now. Truly believe in yourself now." Maria ne kaha.

Unhone mujhe chup karwaya, itna ro ke mujhe aisa laga jaise maine sab kuch daba rakkha tha bas apne andar, yeh meditation session behadd zaroori tha wo saara kuch bahar laane ke liye.

Amer fort se wapas aate hue bhi meri aankhein nam hi thi, main shant tha bilkul. Maria ne bhi mujhse koi baat karne ki koshish nahi ki thi, shayad wo bahut acche se samajh rahi thi ki mere andar kya chal raha hai iss waqt. Ussi shaam ko meri waapsi ki train thi, maria abhi kuch din aur Jaipur mein rukne wali thi, unhone wapas hostel pahuch kar kaha mujhse ki tum kuch waqt aur rukte toh accha lagta mujhe. Par koi baat nahi hum fir milenge jald hi. Tab tak tum aur bhi jyda behtar version ho chuke hoge apne. Aur uss waqt mujhe sach mein aisa laga ki main maria ko shayad hi kabhi bhula paunga, unhone jo diya mujhe shayad issi talaash mein main yahan tak chala aaya tha. Maine apna saaman pack kiya aur maria se alvida kaha, maria ne mujhe bahut tight hug kiya aur kaha ki "Musafir, we will meet soon. Till then please take care and keep growing." Mujhe firse rona aagya, aur main emotional ho bhi gaya tha par unhone kaha ki late ho jayega tumhe, nikalna chahiye ab tumhe. Hostel se station aate hue beech mein ek baar aur maine Hawa mahal dekh liya, kitna jyda khoobsurat hai yeh.

Station aate hue yaad aaya ki Manasvi ne mujhe kaha tha wo mujhe chodhne ke liye aayegi, wapas jaate hue Jaipur se. Mujhe ummeed toh bilkul bhi nahi thi ki manasvi aayegi mujhe vida karne ke liye, par fir bhi kyunki usse waada kar diya tha toh maine use text kar diya, meri train ka time, boggie aur train number. Mujhe laga ki agar usse aana hoga toh wo aa hi jayegi. Warna fir main akele hi nikal jaunga wapas, station pahucha toh seedha apne platform pe chala gaya, train aane mein abhi kaafi waqt tha, toh ek bench pakad li aur bas baith kar Akshay ki batayi hui kitaab nikaal li, lagbhag khatam hi hone wali thi yeh kitaab, iss kitaab mein bhi ek safar ka end ho raha tha aur shayad issi ke saath mere iss safar ka bhi end ho raha tha, mujhe ab samajh aaya ki Tara kyun chahti thi ki main ek solo trip par jaun, sach mayane mein iss trip ne mujhe sab kuch diya. Jitni bechaini mujhe iss safar ki shuruwaat mein ho rhi thi, ab shayad wapas jaate hue utna hi dukh bhi ho raha hai. Par ab yeh bhagwan ki kripa thi mujh par ya kuch aur pata nahi par yeh itna mushkil safar itni asaani aur bina kisi bhi dikkat ke khatam horha tha, itne behtareen logon se mila main, itni badiya jagahein dekhi, aur sabse important jo clarity mujhe aayi, mere future ke liye wo shayad mujhe mere kamre mein baith kar kabhi bhi nahi sakti thi.

Yeh sab soch hi raha tha ki train platform par lagne ko tyaar thi, yeh train yahin se banti hai isiliye tay samay se thoda pehle platform par aagyi thi, maine apne compartment mein jaa kar apna saaman set kar diya, aur apni seat ko chaar baar confirm bhi kar liya apni ticket se.

Shayad signal bas hone ko tha, tabhi ek awaaz aayi peeche se, "Musafir". Maine peeche mud kar dekha toh Manasvi khadi thi, usne mujhe dekhte hi gale laga liya.

"Sach batao tumhe laga tha na ki main nahi aaungi, tumhe alvida kehne ke liye." Manasvi ne kaha.

"Haan matlab mujhe laga ki itni door se tum sirf mujhe bye kehne kyun hi aaogi." Maine kaha.

"Shut up idiot, kaise miss kar deti tumhara wapas jaana main, waise tum kuch badle hue lag rahe ho pehle se, yeh alag sa glow kahan se le aaye." Manasvi ne kaha.

"Haan ab shayad bhaag nahi raha hoon kisi se, ab wapas jaa kar khud ko ek aur mauka dene ka soch raha hoon." Maine kaha.

Manasvi ne mujhe dekh kar kuch bhi nahi kaha, bas smile karti rahi. Main aur wo andar compartment mein aa kar baith gaye, compartment abhi bhi lagbhag khali hi tha, sirf main aur manasvi the wahan uss waqt. Manasvi bas dheere se mere qareeb aayi aur bina kuch kahe mujhe kiss karne lagi, maine bhi roka nahi usse. Hum agle kuch waqt tak ek doosre mein doob kar ek doosre ko kiss karte rahe, aur fir train ne ek awaaz ki signal ki. Manasvi uthi, hum ek aakhiri baar gale lage, aur fir wo smile karte hue hi chali gayi, bina kuch kahe, bas yunhi hum alag hogye. Par itna ehsaas zaroor tha ki, main khush tha jo hamare beech hua aur wo bhi utni hi khush thi. Hum dono ko hi regret nahi rahega kabhi ek doosre se milne ka.

Train chal chuki thi mera safar khatam ho chuka tha, kal se main firse apni wahi puraani zindagi mein laut jaane wala tha, par iss baar pata nahi kyun aisa lag raha tha ki main theek kar sakta hoon sab kuch. Kuch bhi itna nahi bigda hai jo sudhara na jaa sake.

Apne seher laut-te hi maine sab kuch shuru se shuru karne ka tay kar liya, kitaabon ne mera haath thaam liya aur maine zindagi ko padhna shuru kar diya. Logon ko samajhna shuru kar diya maine. Yeh transition utna smooth bhi nahi raha par dheere dheere mujhe farq dikhaai bhi dene lage apne andar.

Ek notification aayi mere phone par.

"Hi, kya hum kal mil sakte hain." Uska message tha.

"Haan kyun nahi, par kyun." Maine kaha.

"Bas yunhi mujhe milne ka mann hai." Usne kaha.

"Theek hai. Kal milte hain." Maine kaha.

Mujhe meri solo trip se aaye hue lagbhag 6 mahine ho chuke the, issi beech jab main apne upar kaam kar raha tha, tab mujhe ek job offer hui ussi ke seher mein. Designation low thi aur main jitna kaabil bana chuka tha khudko, wahan jaana mere liye ek bada downgrade hota. Par pata nahi kyun aisa laga ki agar mujhe poori tarah se aage badhna hai iss rishtey se toh isse avoid karke toh nahi badh paunga, pata nahi kahan se par andar se sab kuch face karne ki taqat aa chuki thi mujh mei. Mujhe laga ki meri zindagi mein waise toh koi regret nahi hai ab tak, par ek regret hai jo shayad humesha pareshan karta hai ki hum kabhi ek doosre ko aamne saamne reh kar nahi jaan paaye, humesha online ka hi rishta reh gaya hamara. Main bas chahta tha ki wo mujhe saamne se jaan le ki main yeh hoon asal mein aur main bhi usse dekh lun saamne reh kar ke. Maine wo job offer accept kar liya. Main ab uske seher main tha aur wo yeh baat jaanti thi, mere kai baar milne ke liye bolne ke baad bhi usne humesha mana hi kiya tha mujhe, ek waqt ke baad main apni zindagi mein itna mashroof hogya ki maine bhi puchna band kar diya tha usse. Fir achanak se ek din yeh messages aaye uske.

Agle din main aur wo mile ek café mein, sab kuch starting se hi thoda awkward raha, mujhe samajh aa raha tha ki wo yahan ho kar bhi yahan nahi hai, sabse jyda pareshan mujhe aisi hi baatein karti hain, jab koi saamne ho kar bhi kisi aur duniya mein hota hai. Kyunki kisi ko bhi kisi aur ki ignorance jhelna pasand nahi hota hai.

Ussi shaam ko main baitha hua tha aur subah ki usse mulaqat ke baare mein soch raha tha, mujhe aisa laga ki jitna bhi kuch maine ab tak iss mulaqat ke baare mein socha tha waisa toh kuch mujhe mehsoos hi nahi hua. Main toh yahan aaya tha usse firse apna banane ke liye, par usse mil kar aisa laga ki yeh meri wo "Shayar" toh hai hi nahi jisse maine kabhi pyaar kiya tha. Yeh toh koi aur hi, ek samajhdaar well mannered ladki. Jo sab kuch theek hi karti hai, par jismei jaan ab baaki hi nahi hai. Iss duniya ne jisse shayad corrupt kar diya hai. Jo ab sabke saath hi rehti hai aur sabsa hi sochti hai.

Maine ek cigarette jala li, jitni bhi soch thi meri cigarette ke dhuyen ke saath udne lagi. Akele cigarette peene ka bhi ek apna sukh hai, dhuyen ke saath halka hona mehsoos ho paata hai. Dimaag mein cigarette peene ke pehle tak itni saari cheezein ghoom rahi thi aur ab kuch bhi nahi tha, sirf aaj ki mulaqat aur usse mujhe kya samajh aaya wahi baar baar dimaag mein aa raha tha.

Mujhe jo baat tab mehsoos hui wo shayad bahut zor ki lagi mujhe, aur uske baad maine kabhi bhi apne bikhre hue rishtey ke liye regret nahi rakkha.

"Zaroori nahi hai agar do log as individuals bahut badiya hain toh wo dono as a couple bhi utne hi successful rahe."

Maine ek aur cigarette jalayi aur firse likhne baith gaya ek aur nayi kahani.

Hum sabke andar ek lekhak hai kahin,
jo baith kar hamari apni ek,
nayi si ajab si kahani likh raha hai,
wo chahta hai ki jo bhi kuch usne likha hai,
bas sab kuch waisa hi sach mein bhi ho,
par agar lekhak khiladi hai toh,
zindagi ek kabhi na khatam hone wale,
khel ki tarah hi toh hai,
kabhi upar uthati hai,
toh kabhi ek dum se neeche gira deti hai,
kabhi mann ka hota hai,
aur kabhi bemann hi sab kuch sehna hota hai,
yeh kitaab bhi,
uss har ek baat ke baare mein thi,
jo lekhak ne likhi toh zaroor thi,
par waisa kuch bhi hua nahi.

www.ingramcontent.com/pod-product-compliance
Lightning Source LLC
LaVergne TN
LVHW100104250926
848814LV00045B/15

* 9 7 9 8 8 9 4 7 5 4 8 3 3 *